漱石と十弟子

津田青楓

芸艸堂

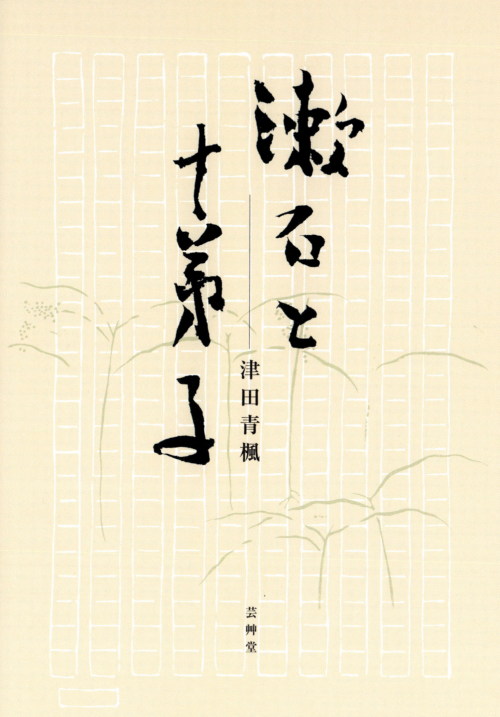

漱石山房

百鬼園
赤木桁平
漱石山房図
漱石と十弟子

内田百閒（百鬼園）
赤木桁平
岩波茂雄
鈴木三重吉
野上白川（豊一郎）
松根東洋城
安倍能成
寺田寅彦
夏目漱石
森田草平
阿部次郎
小宮豊隆

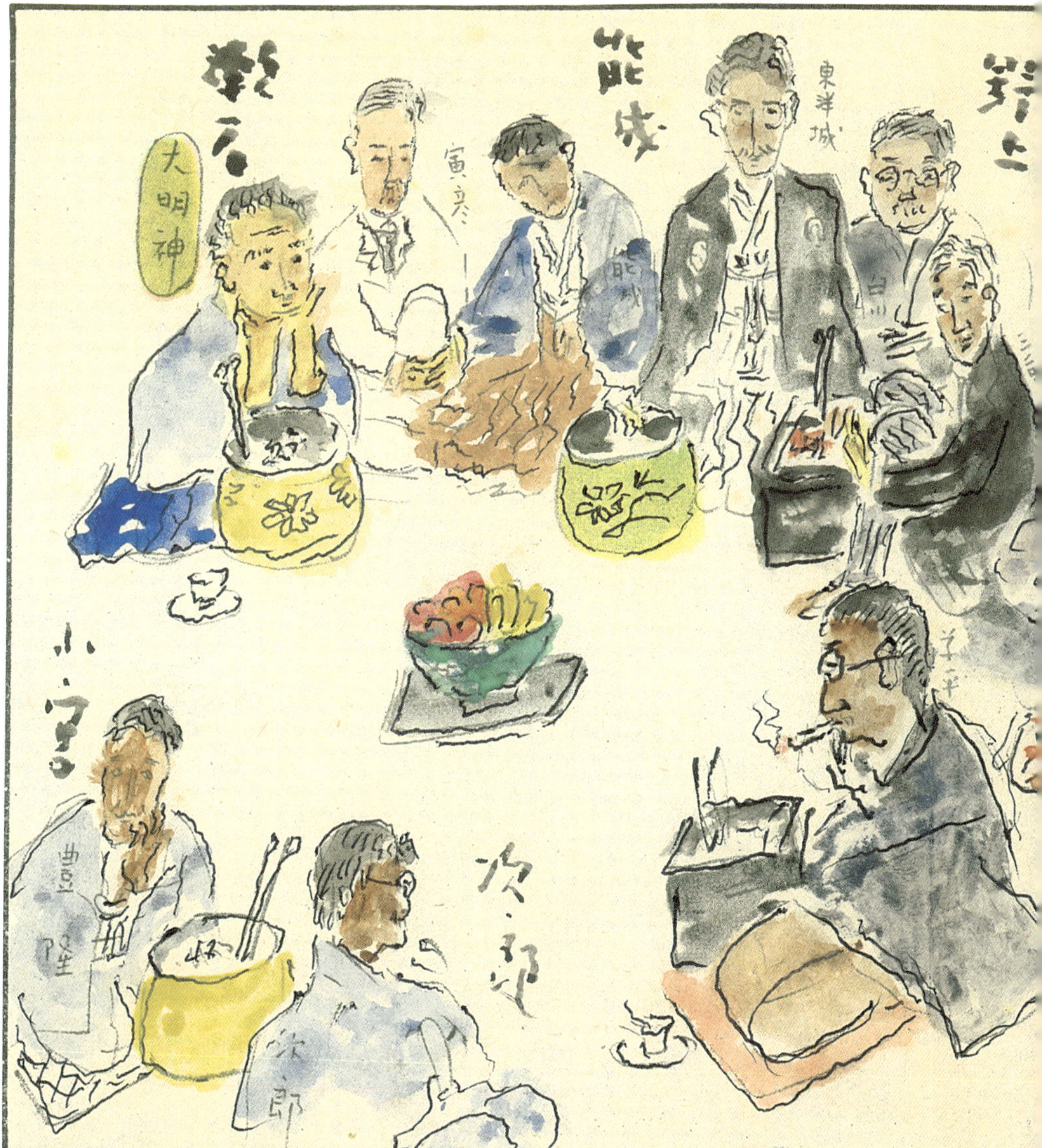

漱石山房図「漱石と十弟子」 津田青楓作（手彩本より）

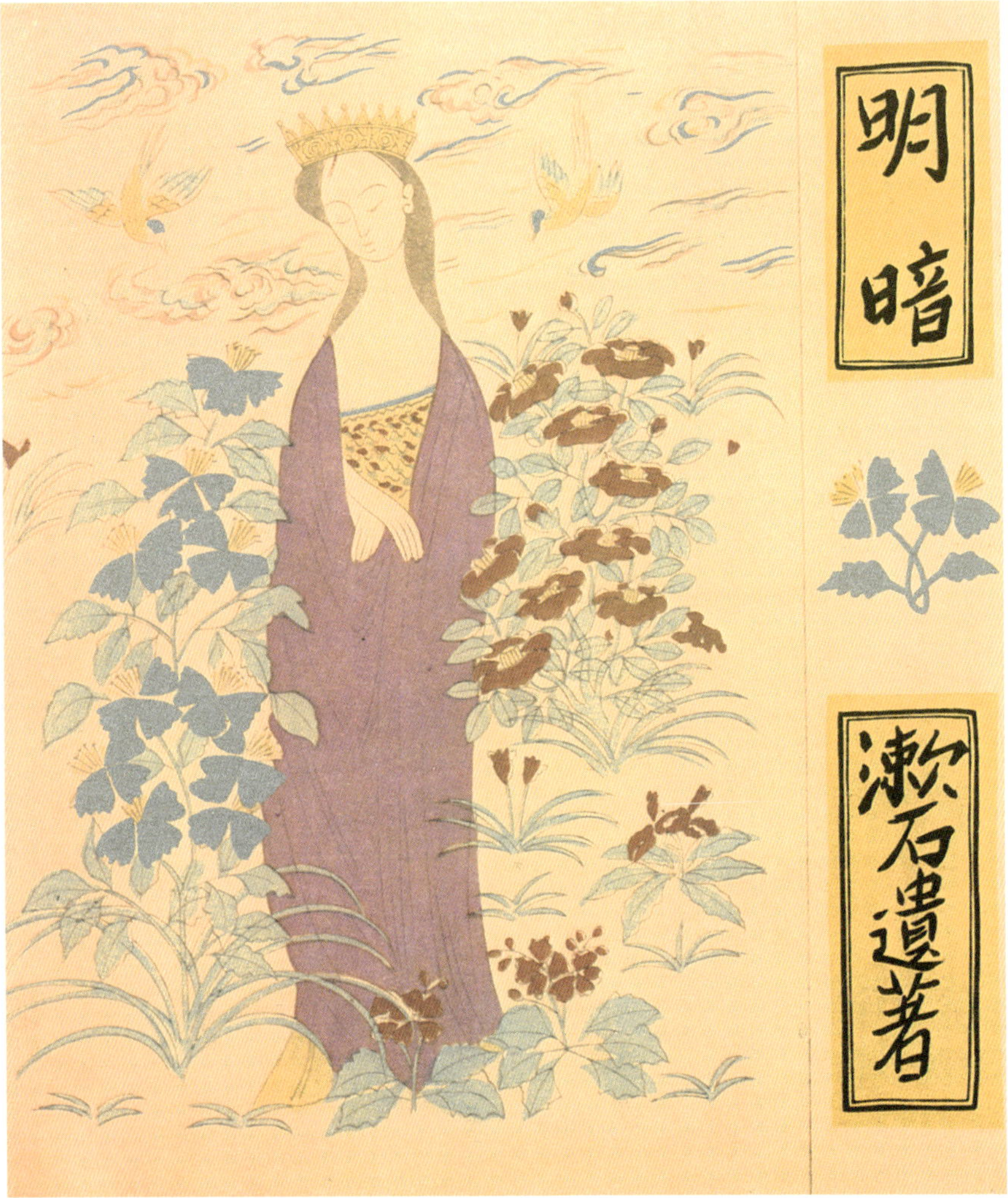

夏目漱石『明暗』 木版表紙　装幀 津田青楓（大正六年） 岩波書店刊

夏目漱石『道草』 木版表紙 装幀 津田青楓（大正四年） 岩波書店刊

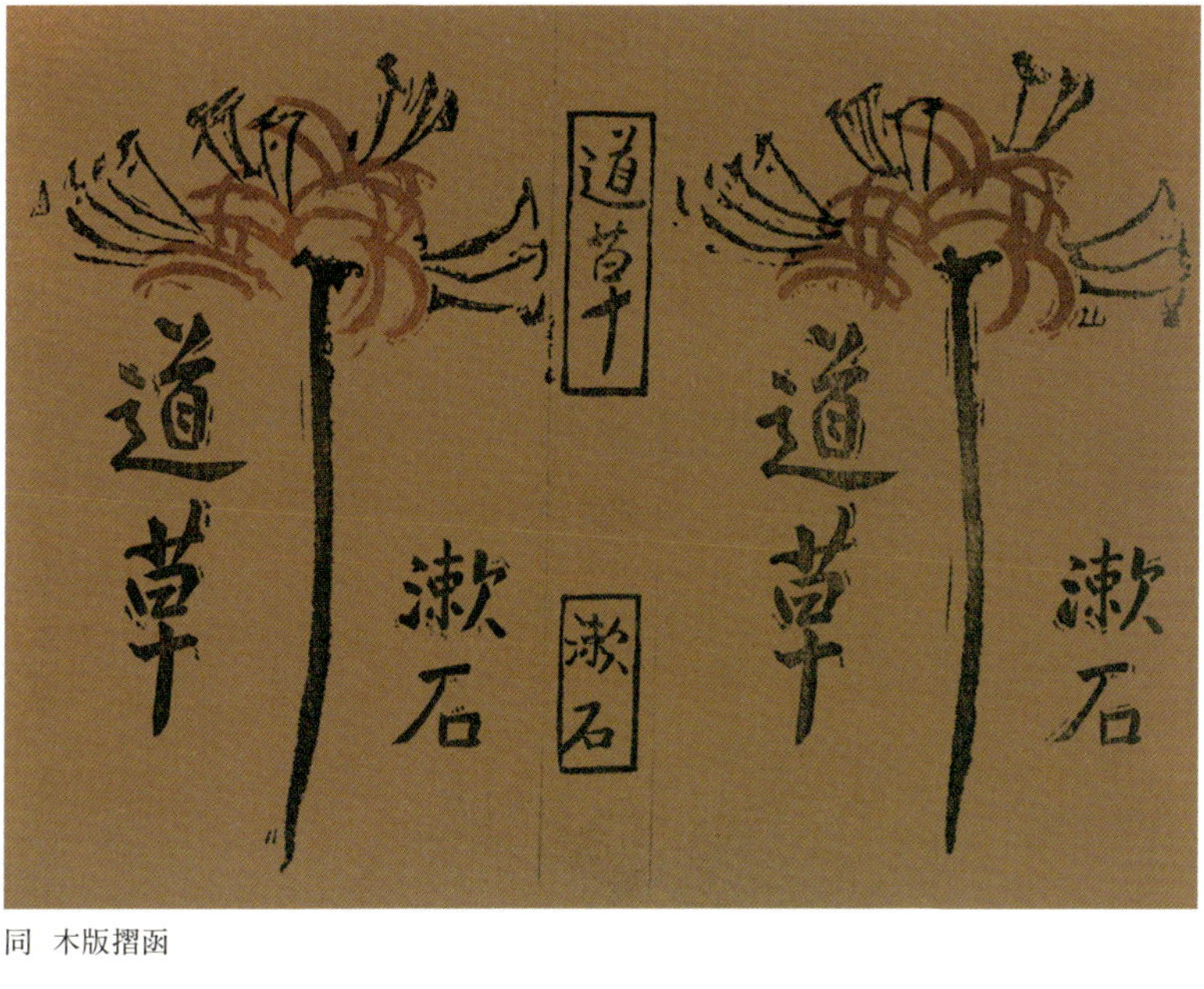

同 木版摺函

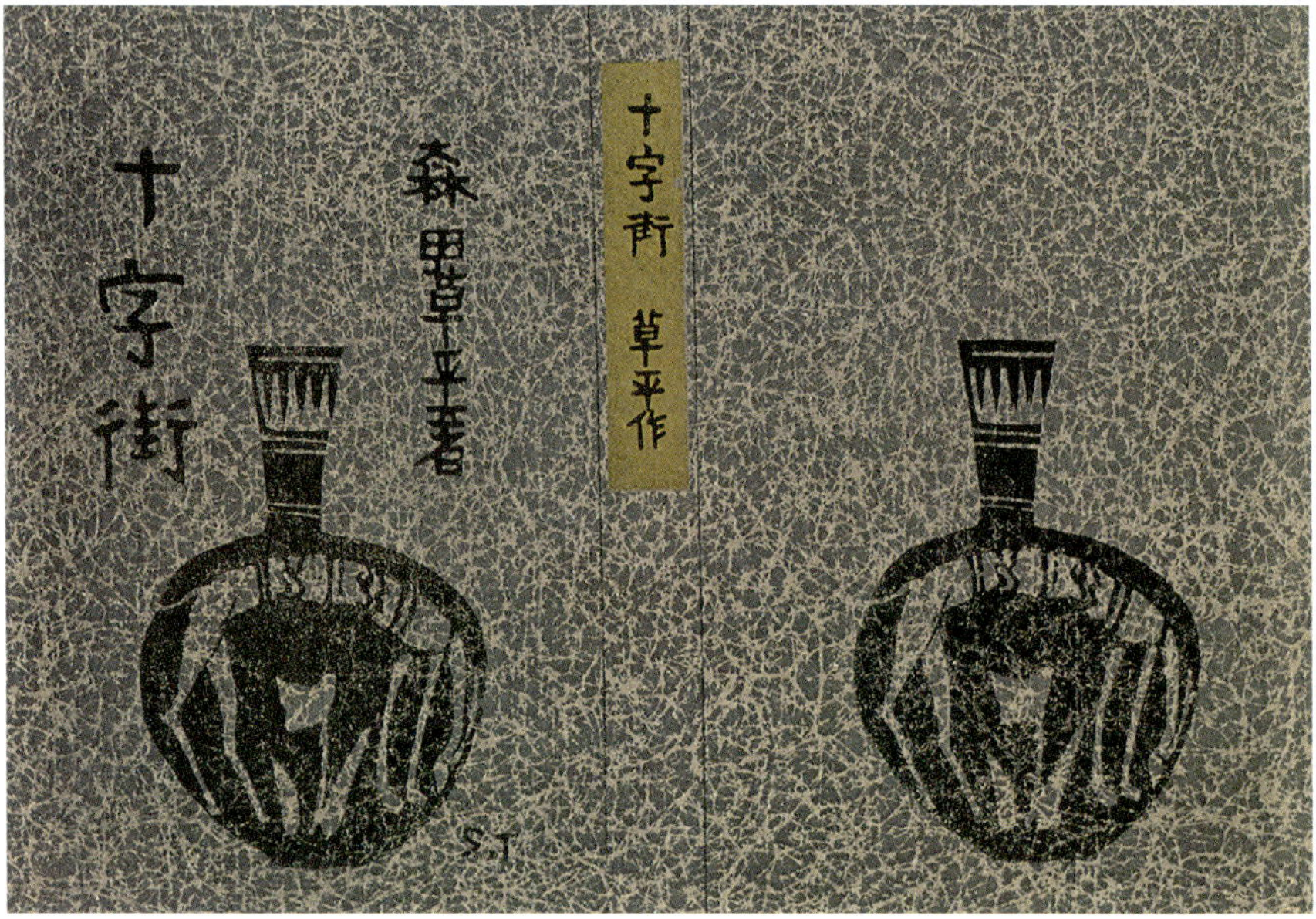

森田草平『十字街』 木版表紙　装幀 津田青楓（大正元年） 春陽堂刊

鈴木三重吉『桑の實』 木版表紙　装幀 津田青楓（大正五年） 春陽堂刊

「漱石山房閑居読書図」津田青楓作

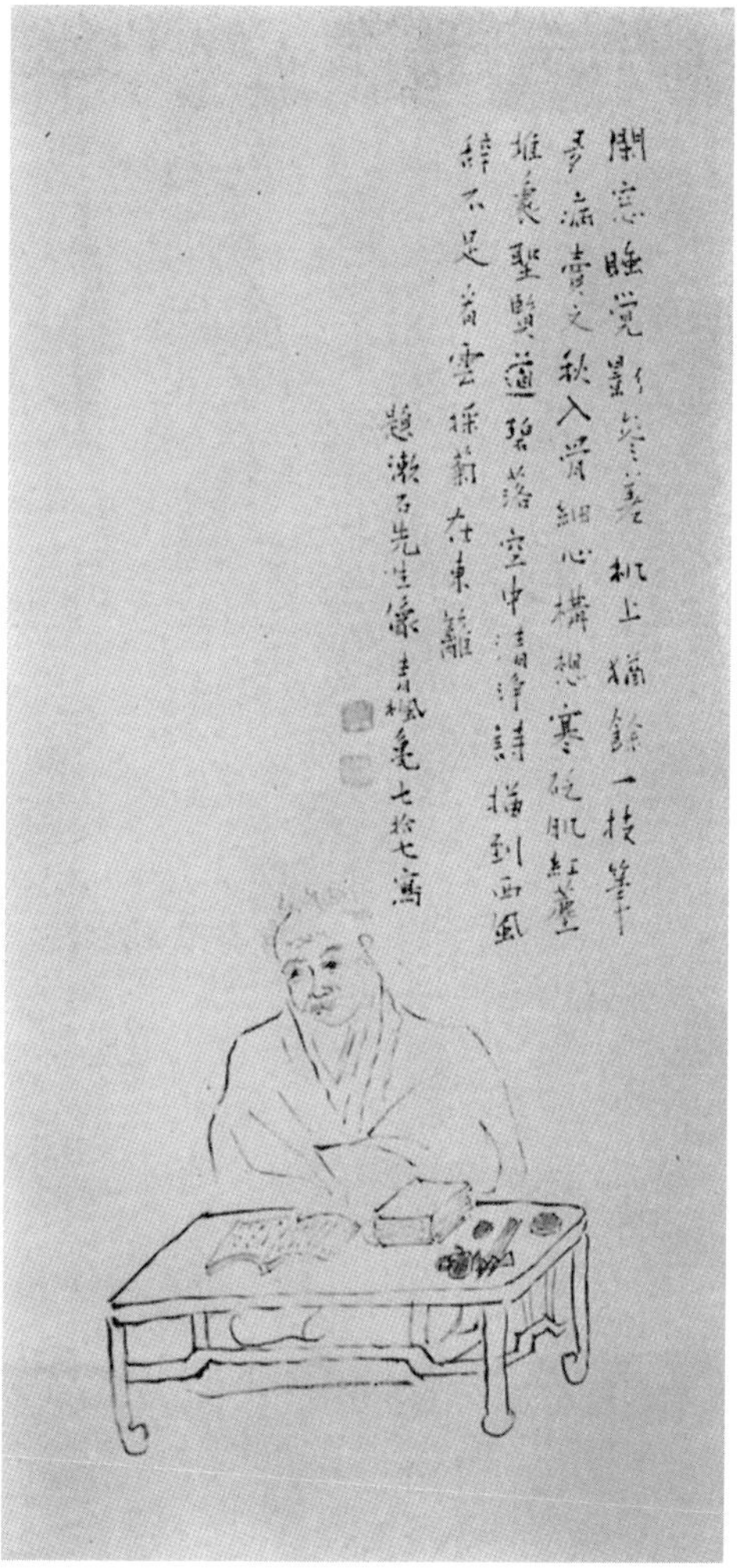

「漱石先生像」津田青楓作

「あかざと黒猫」夏目漱石作
（大正三年）

「柳陰人馬」夏目漱石作（大正二年）

「柿」 夏目漱石作

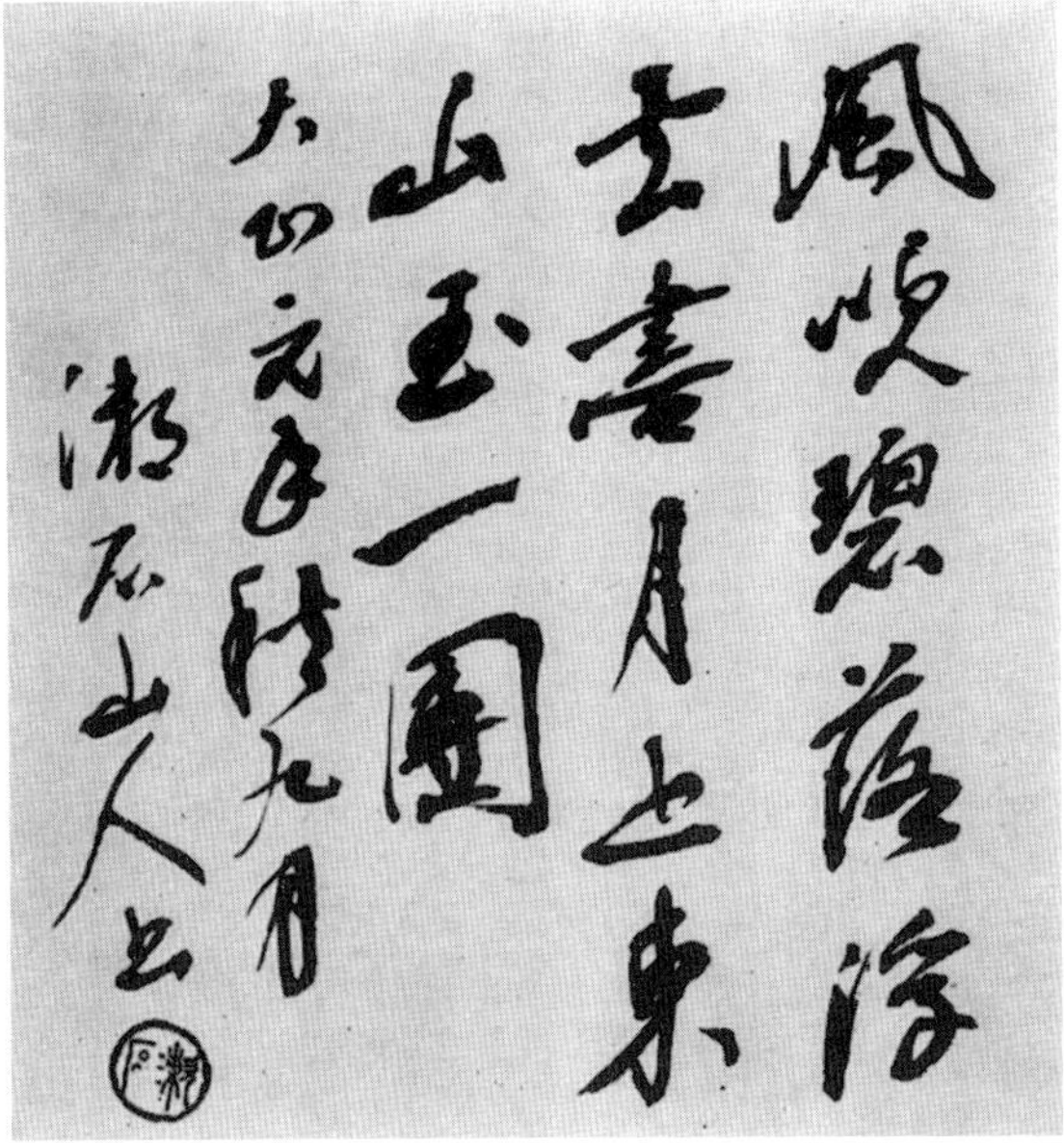

「風吹碧落詩軸」夏目漱石筆（大正元年）

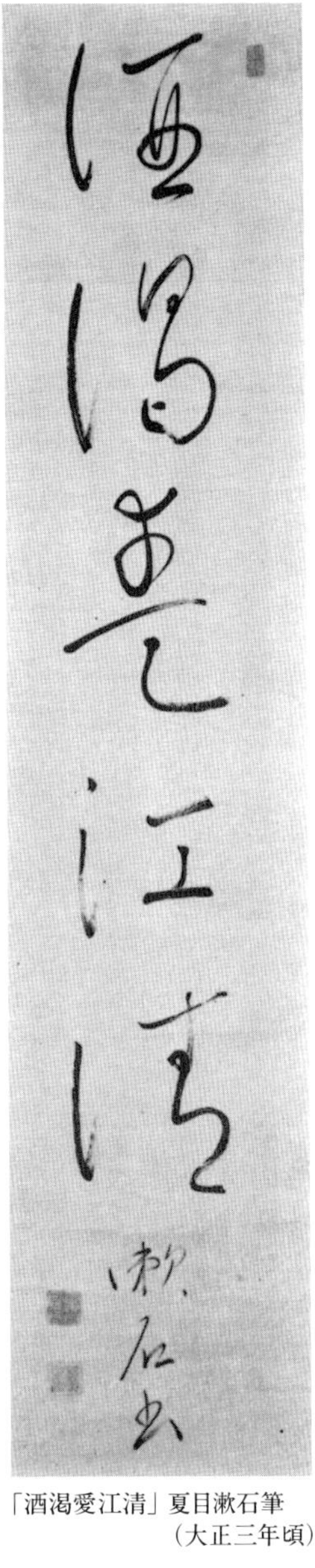

「酒渇愛江清」夏目漱石筆
（大正三年頃）

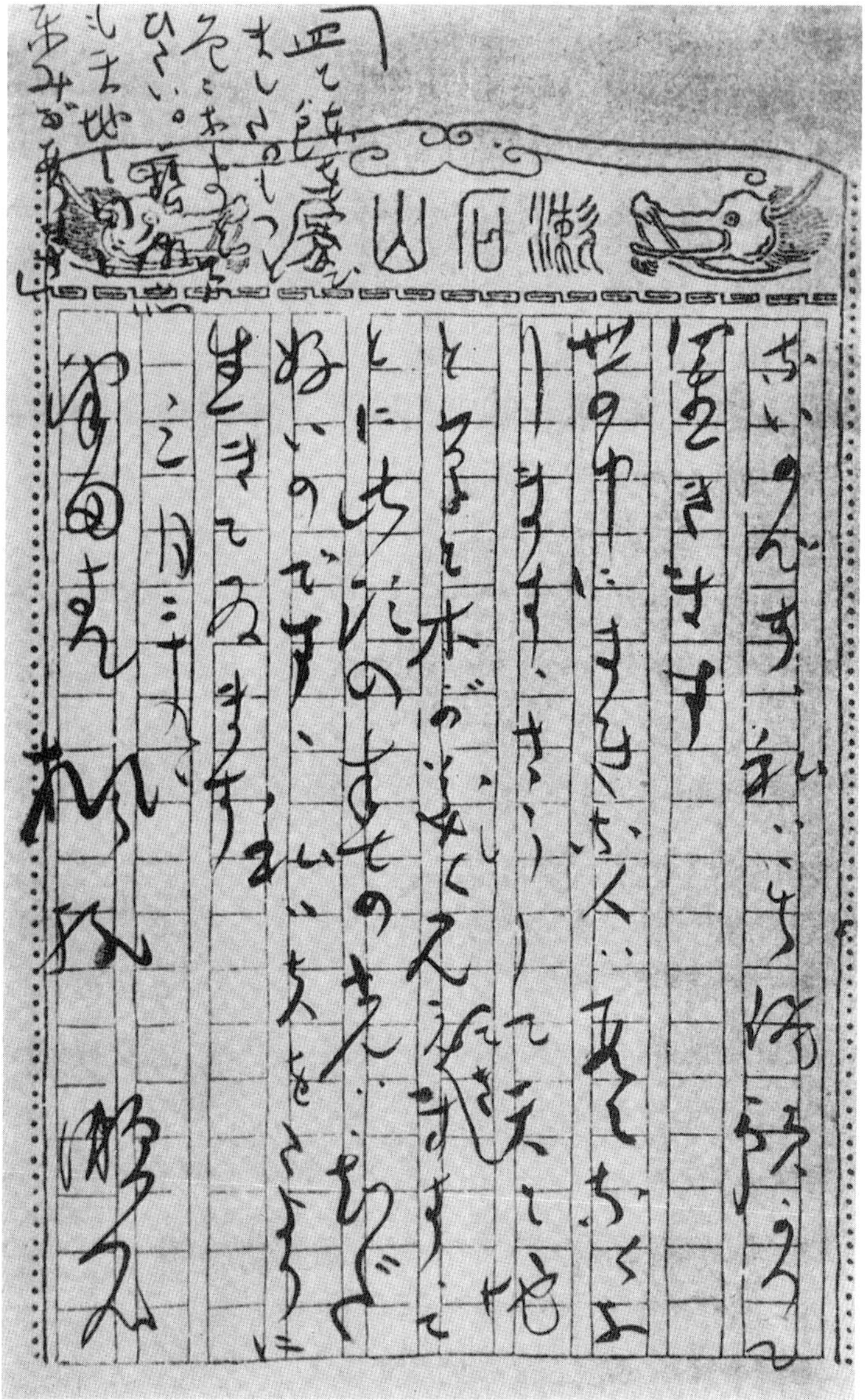

夏目漱石から津田青楓宛書簡の一部（大正三年）

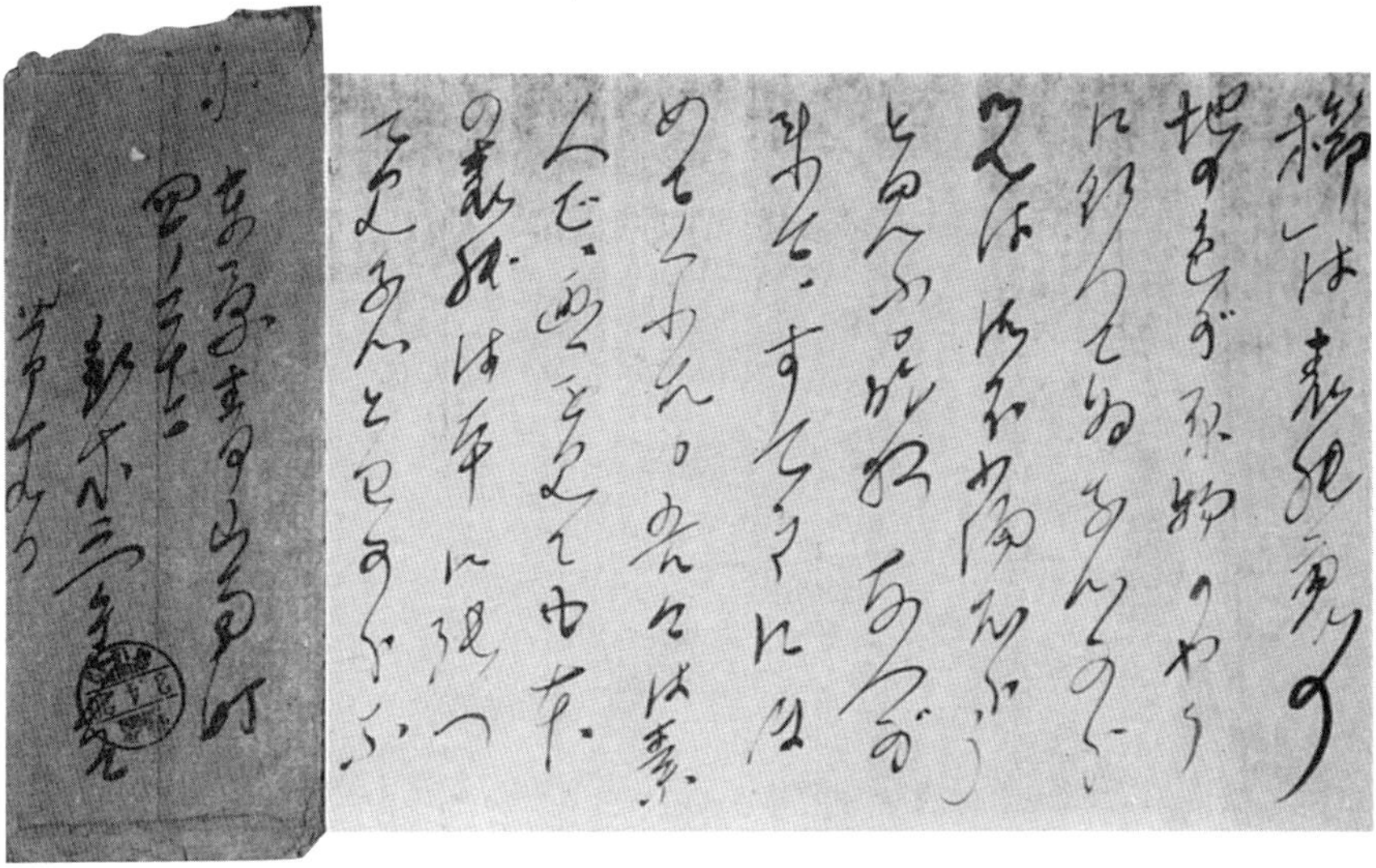

鈴木三重吉から津田青楓宛書簡の一部（大正二年）

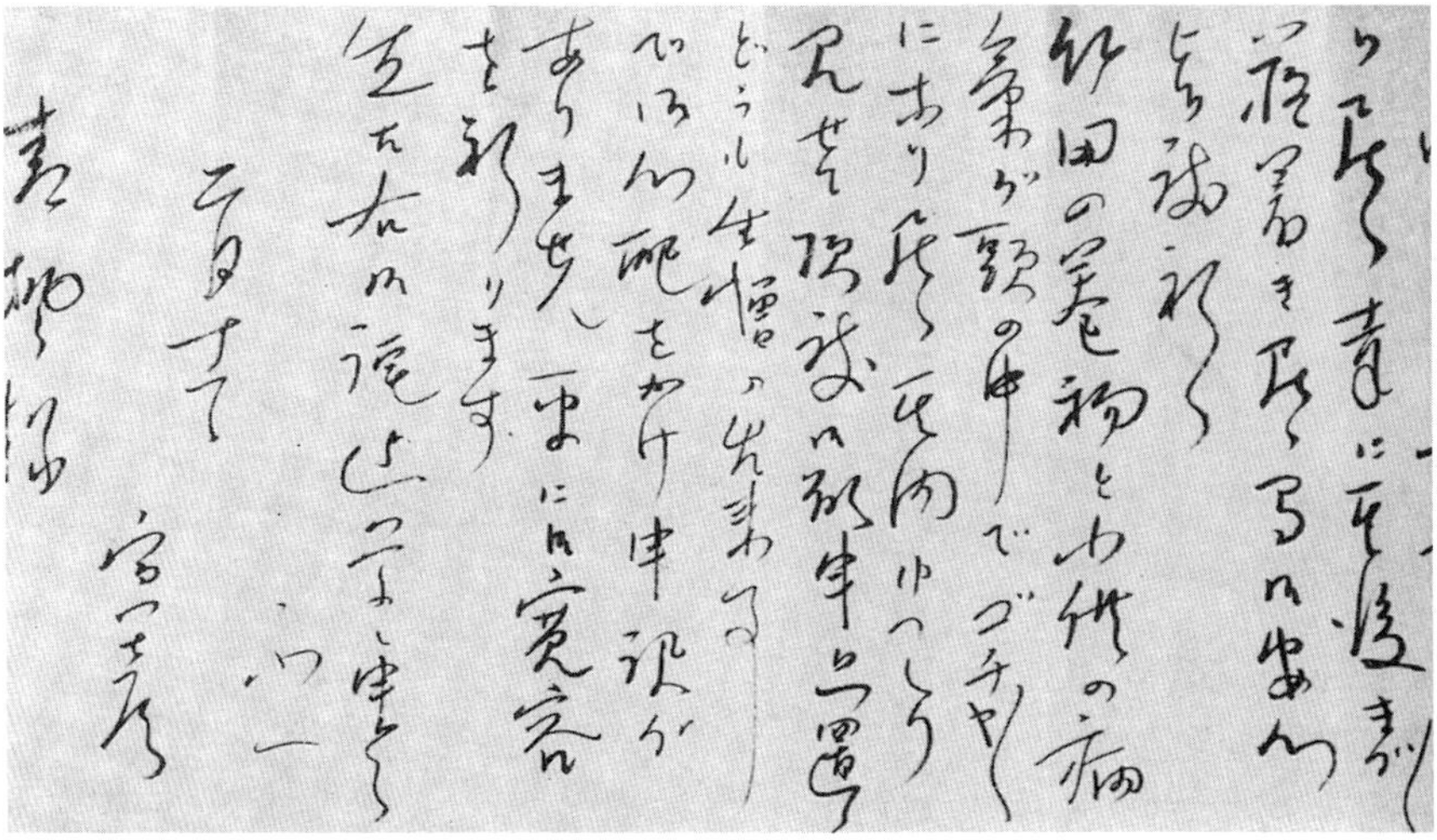

寺田寅彦から津田青楓宛書簡の一部（大正七年）

漱石と十弟子

津田青楓

装幀　山田政彦

目次

新序文（昭和四十九年版） 9
漱石と十弟子 17
形がさきか色がさきか 21
青年画家の過去 24
老松町に住みて 29
瓢箪を持ちまわる 35
瓢箪を愛する 38
貧乏徳利の論争 47
訪ねて来た漱石 51
早稲田派の若手 60
ソクラテスの女房 67
源兵衛の散歩

おでん屋　72
漱石先生の油絵　76
へんちくりんな画　83
漱石先生の日本画　87
百鬼園のビール代　93
巴里からの消息　116
アンデパンダン　128
女の話　131
借　金　138
岩波と桁平　142
三重吉と草平君　148
漱石先生の書　155
寺田さんと能成君　160
小宮と野上　166

山房の漱石先生　173
狂人といはれる漱石　186
ついせき迫害　192
木屋町の漱石　200
老妓金ちゃん　203
津田兄弟　210
素人芸術論　216
お内儀さんとお梅さん　220
漱石の病気　239
虎の尻ぽをふむ　245
春の光をたよりに　255
跋文（昭和二十四年版　世界文庫刊）　260
祖父の思い出―あとがきに代えて―　髙橋りえ子
付「十弟子」ほか略歴

新序文（昭和四十九年版）

津田青楓

殺伐とした戦争がいつ果てるとも知れず、人々は食糧あさりで、うんざりしている時代にミズリー号というアメリカの軍艦の上で、日本側代表に重光さんが乗り込んで終戦の調印を目出度くすまされたので人々はホッとした。そして戦争以外の読物を求める心は喉の渇いている時に一滴の水を飲むように文学的読物を求めてやまなかった。

私の娘婿Yは丁度銀座裏の陋屋で細々と出版業を

やっていた。私は閑な時チョクチョク彼の店へ出かけた。「お父さん何んぞ面白い書きおろしの読物を十日か二週間位の間に書いて呉れませんか」と頼まれた。私も何をするかという腹がきまっていない時だったので『漱石と十弟子』という普遍的な題目を考えつき、一気呵成に書きあげた。幸に売れゆきもよく皆が面白い〳〵と賛辞を呈してくれた。此の度縁あって芸艸堂さんが新装をこらして再版して下さることになった。

昭和四十九年七月一日

漱石と十弟子

蕉門の十哲といふ絵を見たことがある。芭蕉のお弟子十人を蕪村が俳画風にかいたものなのだ。私は大正七年ある人の主催で現代俳画展なるものの催のあつたとき、慫慂されたので、蕪村にならつて漱石と十弟子を思ひついて、二曲屏風半双に描いて出陳した。

それはいい工合に今度の空襲で灰になつてしまつた。当時は生存中の十人を一人々々写生し張りきつて描いた。それにもかかはらず後になつてみると随分未熟で見られなかつた。機を見てかき直しませうと、当時の持主に約束してゐたが、其の後戦争が勃発して持主の家も什器も焼けてしまつた。私は安心した。

さうは言つても、今その画の写真をとり出して見ると、漱石在世中長い間木曜日ごとにみなが集つた漱石出房の様子が髣髴として浮びあがつてくることと、今一つには画中に按配された十人のお弟子達の若かりしころが思ひ出される点において、なつかしい記念品であつた。

画中の十弟子とは、安倍能成、寺田寅彦、小宮豊隆、阿部次郎、森田草平、野上臼川、赤木桁平、岩波茂雄、松根東洋城、鈴木三重吉の十氏なのだ。

和辻哲郎君なんかも、当然十指のなかに入るべき筈の人だが、十一弟子といふのも変なものだし、他とふりかへるにしても、どれもこれも描く上には特異の存在で、どの首をちよんぎつて他とさしかへるべきか途方にくれた。

赤木桁平とか岩波茂雄君とかは当時新参の方だつたから当然和辻君とさしかへるのが順当だつたかも知れないが、実は岩波氏の顔も、桁平氏の顔も画家から言ふと捨てがたい珍品なのだ。岩波ときたら禅月大師十六羅漢像の、なかからぬけ出した一人の羅漢像のやうで、画中の白眉なんだ。線の太い大形な羅漢のとなりに、これは又貧弱な色の青白い、当時大学を出たてのほや〳〵の法学士、赤木桁平君は、そのころのインテリゲンチャの風采を代表してゐるかに見える。

それが、隅つこの方で岩波が本を見てゐると桁平が首をのばして、その本をのぞき込んでゐる。その顔の対照が面白いからこの二人はやめられないのだ。岩波はそのころ女学校の先生をやめて、神田にケチくさい古本屋の店を出してゐた。それが漱石ものを手はじめに出版をぼちぼちやり出し、仲間の学者連のものをちらほら出してゐるうちに、変り種の本屋としての老舗となり、こつちの知らぬまに多額納税者とやら貴族院議員とやらになつてゐた。趣味のない男だから岩波本が世間に出るやうになつてから、本の装幀はカチカチになつてしまつた。

桁平は、近松秋江や徳田秋声や田山花袋なぞの自然主義文学が癪だといつて、『遊蕩文学撲滅論』を書いて、文壇をさはがせた。支那戦争が段々と英米戦争に発展せんとする段階に突入するころから、どこで学んだのか一ぱしの海軍通になり、

「日本の海軍は無敵だよ、イギリスとアメリカとをむかうにまはしたつて毅然たるものだよ。」

そんな元気で遂に『アメリカ恐るるに足らず』といふ一書を発表して軍国主義者のおさき棒を勤めた。終戦後国会議員の責任が追求された時、真先きに辞任してひつ込んでしまつたのは賢明だつた。

桁平君は議論好きで喋り出したらとめようがない。彼の口の構造は特別製のやうだつた。政治であれ、教育であれ、芸術であれ、文学であれ、軍事であれ、哲学であれ、なんでもかんでも彼の議論の対象にならぬものはなかつた。桁平君の口辺には今はカビが生えてウジ虫でもわいてゐることだらう。

おん大漱石大明神は画の中心に頑張つてござる。桐の胴丸火鉢に二つの掌で顎をささへて、お弟子達が今にどんな痛快な発言をするだらうと上機嫌でまちうけてゐられる。漱石のアバタと色の黒いのは画には出てゐない。

漱石のすぐ隣には寺田寅彦が背広で片膝を立ててそれをかかへている。画中の寺田さんは若い。「先生、そんなにもらうことが好きなら僕はゲンナマを持つてきませうか。」と小さな声でつぶやいて、ペロリと舌のさきを出し、嬉しそうに笑ふ。寺田さんの皮肉には漱石も一寸まゐることがある。

その隣の安倍君は首をうなだれて、和服で座つてゐるが、眼が落ちくぼんで陰気くさい。どうみても貧乏な哲学者だ。三十年後の今日は、白髪童顔で福々しく、文部大臣として閣議に列席しても他の大臣諸公に比してその堂々たる貫禄は決してひけをとらない。野にある時は大きなことを言つてゐる人間でも、一度大臣となると急に人気とりのことを言つたり、大衆に媚びるやうな言説を吐く者が存外多いが、同君は大臣中いつでも自説をまげずにアメリカさんに対しても教組に対しても、正々堂々と思ふところをまげずに貫ぬいてきたのは我々年配者をよろこばせてくれた。

同君はいつか、漱石遺家族のなんだつたかお祝儀ごとの席上、家族に対し一応の苦言を呈する前に、

「私は漱石山房に長い間出入りしましたが、いつも堂々と玄関からばかし出入りして一度も裏口やお勝手から出入りしたことはありません。」

さう言ひ放つた。

玄関からばかし出入りしてゐる者は能成君にかぎつたことではない。三重吉、小宮、森田といふ人達以外は概して玄関党ばかしだつた。しかし玄関党と勝手口党とを意識して直言するところに、大臣にでもなれる資格がひそんでゐた。

十弟子中社会的に最高の位置についた者は能成君が一番だ。今では貴族院議員で憲法審議会委員長で、学習院々長さんで帝室博物館々長で大へんだ。冥途から漱石を電話で呼び出して意見をきいてみると面白い。学習院と博物館はいいが、文部大臣なんかよせと言つた。

その隣には松根東洋城君が黒羽二重の紋付き羽織で仙台平かなんかの袴で、野人仲間には鶏群の鶴のやうにお行儀よくナマズヒゲをピンと立てて、いかにも宮内省事務官らしい。今でこそ宮内省に共産党が赤旗を立てて押しよせ、天皇にあはせろとかなんとか、だだをこねて座り込み戦術をやるやうな世の中になつたが、昔の宮内省は全くの雲の上で我々素町人が口にするさへモッタイナイやうに思ひこませられてゐた。美男子で宮内省事務官といふと、まるで人種がちがふやうな気がしてゐた。話はすべて雲上人の秘事にわたることで、貧乏くさい文士や画家は半ばケイベツし半分はうらやましがつた。今は『渋柿』といふ俳諧雑誌を主宰し十徳かなんかをきて宗匠になりきつてござる。そのころからズーッと独身で押し通してゐるところ何か主義でもあるのかしらん。

三重吉君がその隣にフロックを着て、東洋城が片手をかざしてゐる火鉢の前に、両膝をかかへながら片手を火鉢の上に出してゐる。三重吉君らしい無作法さだ。三重吉君とフロックは不似合のやうに思ふが、当時成田中学の先生に就任したてで、背広がないから誰かのものを借用に及んだか、或はもらつてきたものらしい。三重吉君は酔へば広島弁まるだしで、

「屁はショセン風ぢやけんのう、へ理窟はヨセヤイ。」

そんな調子で雲上人でも貴族院議員でも誰でもやつつける。酔へば誰かに当りちらさなきやおさまらない趣味なんだ。痛快なこともしばしば言つた。

三重吉君と東洋城との間にはさまつて、後に野上臼川君がゐる。野上君は額が少し禿げ上つてゐるが右横の方で綺麗に頭髪を分けてゐる。十弟子中一番癖のない温厚な紳士だ。三重吉や草平君が酔へば八重子夫人のことをガヤガヤとひやかしたり、羨ましがつたりしてゐた。

画中の右下の隅に春蘭の鉢植がおかれて、その横に黒猫がうづくまつてゐる。

森田草平君はその前に一人だけ片腕を組んで片方で煙草をふかしてゐる。森田君はそのころ天神髯を生やしてゐた。他の連中にくらべて老けてゐる。雷鳥女史とのゴタゴタのあつたあとで『煤煙』の構想を腹の中に考へてござる最中だつた。天真爛漫で三重吉君のやうに毒舌は吐かぬ

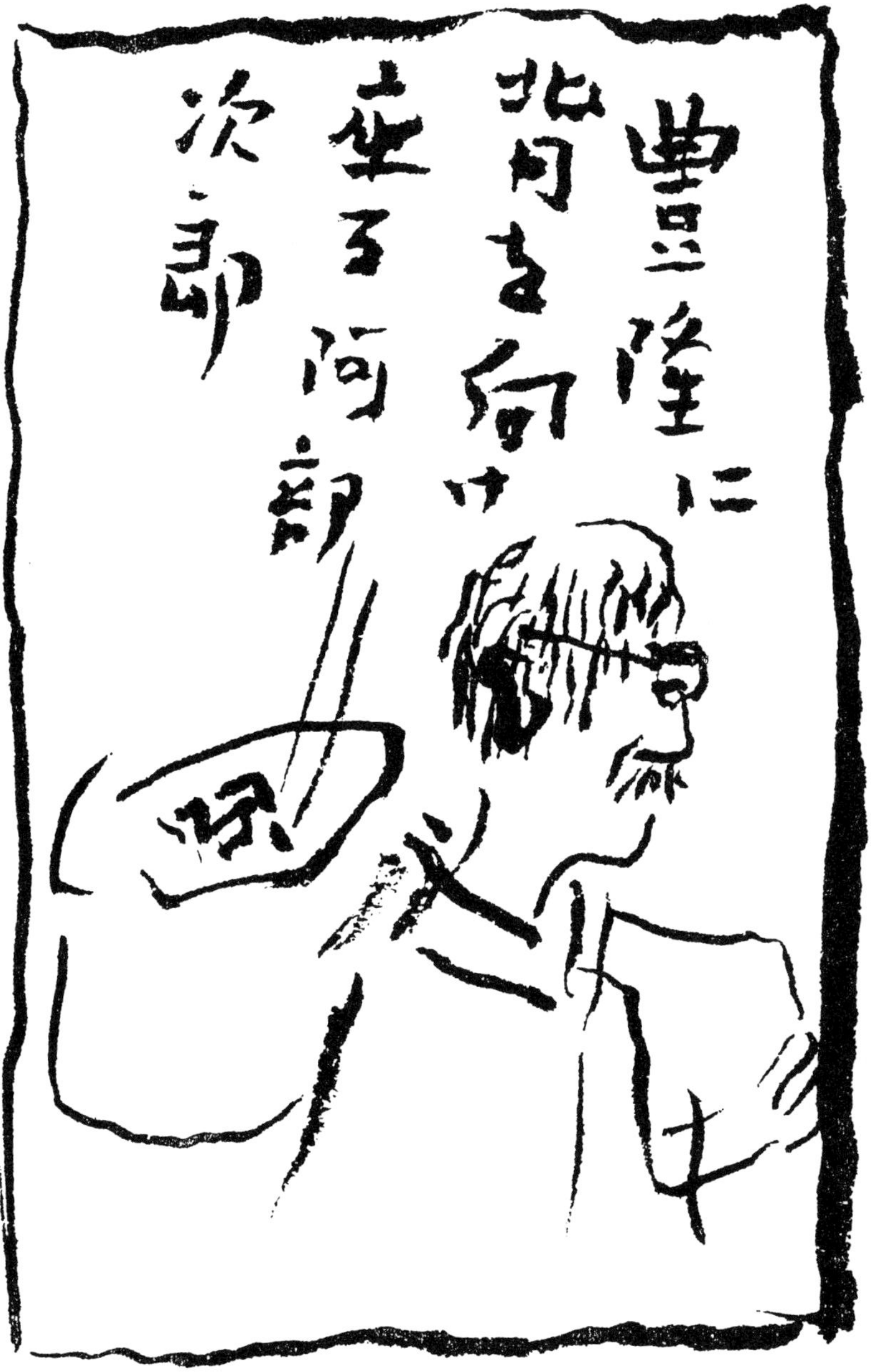
豊隆に背を向け座る阿部次郎

が、正直に肚の底を言ふ人だ。嘗て君は「大ていの書物には読みあきてしまつたが、クリスト伝だけは何度読んでも、心をうたれるものがあつてあきない」と洩らしたことがある。最近共産党へ入つたといふ新聞のニュースがあつたが、年寄のひや水といつて笑ふ人があるかも知れぬが、君は矢張り正直者で善人なんだ。信州の山の中とかで時々酒をあふつて気を吐いてござるといふことである。

阿部次郎君と小宮豊隆君が左の隅の方に一つの火鉢を囲んで、次郎君はむかうを向いてゐる後姿だ。後頭部の毛がはや少しうすくなつて地肌の赤みが出てゐる。『三太郎の日記』以後の阿部君は、東北大学の教授におさまつて以来、文学者としても学者としてもあまり発表されず、ジミな存在となつてしまつた。

小宮豊隆君の昔のスケッチを出してみると、つかいふるしの銛豆キセルのやうに上下にのびて筋が多い。同君は豊後の方の旧家の坊ちやんだが、自分ではいつぱし世の中の酸いも甘いもなめつくしてゐるつもりだが、根が坊ちやんだから世間学では小学生なんだ。このごろは音楽学校校長さんで、流行の教授連のストライキで校長排斥とかなんとかフンガイしたり悩んだりしてゐることと思ふが、漱石にきいてみたら、「豊隆は素裸体になれない男だから、知らぬ奴は反感を起すが悪気はないよ。」といふことだつた。

形がさきか色がさきか

いまから三十七年もの昔、小宮豊隆氏につれられて漱石山房にあらはれた一人の青年画家があつた。

そのころ漱石先生は四十五歳で、青年画家は三十二歳だつた。画家と漱石先生との歳の差は十三だが、画家の眼には漱石先生が五十以上の年配者に映じた。漱石先生は大学の教師で『吾輩は猫である』を書いて、急に有名になられた頃だつた。

青年は始め少しギコチない気持でゐた。小宮豊隆は大学を卒業して間もない文学士で、その青年よりは五つも六つも弟ではあつたが、その落つき払つたものごしと、漱石先生へのものなれた話ぶりに、青年は安心して兄貴につき添はれた弟のやうな気で、豊隆に万事を託する態度になつてゐた。

漱石先生は一先づ平凡な戸籍調べをされた。郷里はどこで学校はどこで、外国からいつ帰朝つ

て、いまどこに住まつて、どうして喰つてゐるのかといふやうな質問が了ると、豊隆氏が、

「津田君、君に訊いてみたいと思ふのだが、画家が自然に対するとき、物の形がさきに眼に映ずるのか、それとも色の方が先にくるのか、どちらかねえ。」

青年は意外な質問に、どう答えていいのか一寸まごついた。

すると漱石先生が、

「小宮、お前の質問は大袈裟だよ。まるで隻手の声と一緒で、禅の公案みたやうなものだよ。」

豊隆はにつこり笑つて、

「だから津田に訊いてみてゐるんですが、画家といふものが、対象を写す時に、さうした問題を意識してやつてゐるのか、それとも、意識しないで自然と出来あがるのか、それがしりたかつたのです。」

「まるで禅問答だよ。」

「そりや――意識なんかしないですよ。しかし形も色も意識せずにカンバスに写せないんだから、段々意識しますね。写生する時は先ず形を大づかみに、カンバスに輪郭だけとつておいて、次に色を塗り出すんです。だから最初は形は意識し、然る後に色を意識するといふことになりますね。」

「それでいいんだ。それをききたかつたんだ。」

「そんなつまらんことか、俺だつて、さうなんだ。」と先生が言ふ。

「そりや先生の方が余ほど大袈裟に考へてらしたんですよ。」

「考へるのは勝手さ。」

そこへ津田がまたあとをつづけた。

「画かきといふものは余り理窟は考へないやうですね。只馬車馬のやうに自然と取りくんで、遮二無二つき進んでゆくばかりです。」

其の時女中の案内で野上臼川氏が入つてこられた。

臼川氏はぐりぐり頭の地方の学校の先生のやうな感じで、小宮豊隆氏の都会人らしい風貌とは全然正反対の人だつた。

一応先生に挨拶が了り、豊隆氏から青年の紹介が終ると、

「野上、君はどう思ふ。今津田にかう言ふ質問をしたんだ。画をかく時にモデルの形と色と、どちらが先に意識されるかといふことなんだ。」

「小宮のいふのは画をかく過程なのか、それとも、意識の心理的経過を問題とする意味なのかね。」

「そりゃ無論画かきの方さ。」

「ぢやあ形の方だね。形をやつておいて色をつけるのが順序ぢやないか。」

「しかし印象派になると少しちがふんぢやないでせうか。最初から色によつて形を見出してゆく。見出してゆくと云ふより、色を整へてくるうちに、自然と形ができあがつてくると云ふ風ぢやないでせうか。」

「さうでせうなあ。」

野上氏は極めて協調的である。

「いづれにしても形と色とは切りはなせないから、意識が分解されやうもないが、画布の上に再現する場合は順序として、一方的にならざるを得ないんぢやないかね。」

「野上は自分でかくんだからね。」

「小宮は大袈裟だよ。吉右衛門論にロダンが飛び出すんだからね。」と先生が言ふ。

青年画家の過去

青年画家が東京の土地を踏んだのは生れて始めてであつた。京都に育ち、日露戦争が了ると、官費でフランスに留学して昨年帰朝つたばかりであつた。画家と云つても彼はまだ画を一枚も売つたことがないから、画家といふ自覚はなかつた。彼は勉強欲が猛烈だつたから、巴里生活の連続で美術学生のつもりで居つたし、又それが彼の希望でもあつた。

彼は若い時親爺の云ひなりになることができなかつたので、一度家を飛び出して以来自活の責任を感じて無理をしながらやり通してきた。しかし画家にとつては、布団を頭からひつかぶつて一冊の本を夜が更けるまで読み耽けるといふやうなことが勉強にはならないのだから、彼の勉強は容易に捗らず、寧ろ生活本位になりがちで、ともすれば坂道へ押しすすめた車が、力が及ばなくなつてあと戻りしがちだつた。

それを一挙にとりもどす気で、三ケ年の官費留学中は猛烈に勉強した。その故もあるが一つには言葉もよく通じないのと、金の足りないことや何や彼やで、彼は一年ぐらい神経衰弱になつた。友達の荻原守衛や斎藤与里が毎日落ち会ふレストランに、どこから手に入れるのか、漱石の『坊ちやん』や『吾輩は猫である』や『草枕』の掲載つてゐる雑誌を持つてきては、食後のテーブルの上にひろげて朗読して彼や安井にきかせた。与里の朗読をききながら、守衛が時々、「愉快だね」と快濶に笑ふと、与里が又皮肉に「愉快だね」と合槌をうつ。

津田は指さきに喰ひのこしのパン切れをひねりながら、丸くしたり棒にしたりして無表情でゐる。津田と相棒の安井はこれも大理石の卓の上に鉛筆をうごかしながら、離れた卓でモグモグ喰つてゐる親爺の顔を写し始めてゐる。聞いてゐるのかゐないのか分らない。津田と安井は留学生中の新参組であつた。古参の二人は漱石をはさんでたのしさうだつた。

守衛が代つて朗読をつづける。

「茶と聞いて少し辟易した。世間に茶人程勿体振つた風流人はない。広い詩界をわざとらしく窮屈に縄張りをして、極めて自尊的に、極めてことさらに、極めてせせこましく、必要もないのに、鞠躬如として、あぶくを飲んで結構がるものは所謂茶人である……」

『草枕』の中で漱石が茶人を皮肉つてゐる一節である。

句切つた処で守衛が又「愉快だね」と。

与里が我が意を得たりと云はんばかりに、うれしがる。

津田が漱石に親愛を感じ出したのは、その時から始まつたのかも知れない。彼は子規の主宰するホトトギスの愛読者でもあり投書家でもあつた。だから巴里のレストランで漱石に始めて対面したわけでもなかつた。

漱石をとりまく豊隆、三重吉、草平、能成、臼川などいふ若い文学士が、それぞれ創作や評論をこの雑誌に発表してゐるのを、指を喰はへて遠くから見てゐるだけだつた。

彼は三ヶ年の留学を終へて、折角祖国へ帰つてきても、どこにもよりどころがなかつた。彼は肉親をも、ましてや他人をもたのまず、一切を自力で処理して生きてゆかうと決心をしてゐながらも、心の底ではどこかによりどころを求めた。師があり、友達があり、愛妻があり、よりかかる親兄弟のある人々を羨ましく思つてゐた。

老松町に住みて

某月某日

S女史の姉さんの尽力で家が見つかる。高田老松町だ。家賃は六円卅銭、小さな家だ。でもこれで東京の住人となつたのだから、安心して仕事にとりかかれる。

京都はいやだつた。親兄弟のおつき合ひばかりして、やれお花見だ、やれお茶会だ、やれなんだかんだで、引張り出されることばかしで、仕事なんかするひまはない。京都の人間は画家は風流人で、風流人は閑人だと思つてゐるんだ。やりきれない。閑人どころか忙人だ。手が七、八本と頭が二つも三つも余計ほしいぐらいだ。

東京の住人になつたことはうれしい。家の小さなことぐらいは苦でない。これでうんと稼いでうんと勉強することができる。

手はじめに今日は下女の顔をスケッチ板に写生してみた。ブラシを持たない日が続くと不愉快でやりきれない。奴はいいモデルだ。彼女の頬は生きた林檎だ。
思ひがけなく漱石先生より手紙をもらふ。

拝啓、一昨日は失礼、其節お話の事今日社に相談して見た処挿画の需要ある趣故、大兄の事申入候。

あなたの画を三、四枚（種類の異つたもの一枚づつ、精密なるもの疎なるものなど）至急京橋区滝山町四朝日新聞社内渋川松次郎宛にて御送り被下度候。

渋川氏は其儀につき一覧の上適当と認むるならば、かう云ふ種類とか、ああいふ種類とか指定して改めて御願致す筈に候。

右用事迄匆々申上候。　以上

夏目金之助

津田青楓様

漱石先生のやうな偉い人から手紙を頂くとは予期しなかつた。それに人の仕事の世話をして下さるとは意外だつた。作品での印象は、先生はかうした俗事には介入されぬ人のやうな気がしていた。
新聞の挿し画はかいたことがない。少し考へてみたが、どんなものを描いていいのか見当がつかない。最も得意のものを描いて、それがむかうの気に入らなければ元々だが。取りあへず収入がなくては困る。妻と赤ん坊をひぼしにしてはすまぬ。ホトトギスの挿画のやうなものでは駄目なのか、ああした自由勝手なものしか俺にはできない。

某月某日

斎藤与里、柳敬助、両君に会ふ。二人共近くにゐる。柳君は最近アメリカから帰朝つた人。S女史を同伴して文士訪問をする。S女史は小説志望者。

青山南町に三重吉氏を訪ねる。横町の小さな家。祖母さん、京都からきたといふ細君と三人暮し。三重吉氏は細面で、むき出しになんでも言ふ。神経の細い人、酒好きらしい。

「おい、おふぢ、おふぢ。」

と台所でお茶の支度をしてゐる細君を小ぜわしく呼び立てて、

「京都の津田さんぢやに、画かきさんで、なつかしからうが。京都弁でひとつ津田さんと話せや。」

「津田君、この女はのう、円山の平野家にゐたんで、君の細君は広島かい、——なに竹原、竹原には中学生のころ下宿しておつたよ。細君と二人で一ぺん飯を喰はうや、おふぢに料理をさすけん。俺が手紙を出すけん、ほんとにきてつかはさい。」

「いやどすわ、わたしの料理なんかあかしまへん。」と、おふぢさんがいふ。

「あかんちうことあるかい、やれや、」

「京都料理がええ、トンカツなんかよせや、」

「なあ、おふぢ俺は津田君の細君と広島弁でやるけん。お前は津田さんと京都弁でやれや。ハハ愉快だな。」

「夏目先生は女の話をすると、おこるぞ、津田さん、俺の装幀を一つやつてくれや、おふぢ、おふぢ、お前の夏の帯を津田さんにかいてもらふとええぞ、尤もそんなことを言つちやあ芸術家にすまないんぢやが……」

つづいて森田草平氏を訪問する。三重吉氏とは正反対に、首の太い肥つた人、神経も太さうで鷹揚だ。主としてS女史が話す。『煤煙』の話、小説の話、恋愛の話など自分はきき役となる。

某月某日

頭がぐらぐらする。やることが多く、なにから手をつけていいかに迷ふ。家賃が気になり、赤ん坊が気になり、細君のあけすけなお饒舌が気になり、荷物のことが気になり、画を描けぬことが気になり、画材の壺が気になり、どこかに就職するか、苦しくともこのまま押し通すか腹のきまらぬことが気になり、頭がぐらぐらする。やけで午後細君を誘ひ出して麻布の方へ某氏を訪問する。不在にて会へず。帰路電車の中にて赤ん坊頻りにむづかる。溜池停留場にて下車す。路傍にて調べたところによると、赤ん坊がウンコをしてゐると言ふ。近所のそばやに入り、ウンコの処理をさせる。細君おしめを忘れてきたとて当惑顔。古新聞をもらつて、どうにか片付けたる也。あひにく外に出ると雨である。

夕方与里君来る。落ち付き払つてゐる。お隣の夫婦喧嘩の話を皮肉に話して帰る。自分達を皮肉つてゐるやうな気がして、心のうちに不愉快を感じる。

瓢簞を持ちまわる

津田が毎週の面会日になつてゐる木曜日に漱石山房に現はれた時には、既に常連の顔が四、五彼の眼にうつつた。

三重吉君、草平君、豊隆君、東洋城君といふ順に漱石先生の前に半円形に座を占めてゐた。先生のうしろの襖には古ぼけた墨竹の画がぶらさがつてゐた。

新参の津田は入口の扉に近いところに座を占めたが、三重吉、草平君の肩越しに、芭蕉の葉つぱがふわ〳〵動いてゐるのが見られた。津田が入つてくると、皆がひようたん〳〵と云つて笑つてゐる。三重吉君の声が一番甲高いので、三重吉君が面白い話題を提供して、みなを笑はしてゐるやうに感じられた。

津田が漱石先生に挨拶をして座布団の上にのると、三重吉君が、

「津田君、あの女はなんぢやい。」

津田は一寸まごついた。大勢の前でもあるし、返事のしやうがなかつた。ただ咄嗟に、

「小説家になりたいといふんですよ。」

「ひようたんの癖に小説なんざあ生意気だね。」

するとと豊隆君が、

「妙な論理だね、三重吉はあの女が厭ひなんだな。」

漱石先生は只微笑を浮べていられる。

「あいつア生意気だよ。」

三重吉君はすこし酔つてゐるらしく元気がいい。

「津田のお供をしてきやがつて、一度先生に拝謁を仰せつかつたと思やア、直ぐ先生の作品をつべこべと批評してよこすなんて、先生も少し甘かつたんぢやよ。小宮さうぢやらうがノゥ。俺にしろ、森田にしろ、先生の小説を批評するなんて云ふことは遠慮しちよるぞ。さうぢやらう、森田。」

草平君はニヤニヤ笑つてゐる。

「それで遠慮してるのかね。」と先生が云ふ。

「先生は女に甘い。」と三重吉。

「女に甘いのは天下の男性皆然りだ。」と先生。

三重吉は一寸しぶい顔をして、同じ甘さでもいろいろある。秋江のやうな甘さはきたならしくてなめる気にならんぞや。津田の甘さは風変りだぞ、瓢箪を携帯して見せびらかす気なんだらうが、うらなりの瓢箪ぢや自慢にもならんぞやなどと、三重吉の攻撃は仲々シンラツである。

「津田も甘いんだよ。一たいひようたんを携帯して歩いて、どうするといふんだい。景色のいい処で一杯かたむけるといふ方寸か。」

「三重吉は嫉妬いてるんだな。」と豊隆君が同情してくれる。

「俺は嫉妬くんぢやないが、津田の百合子夫人にすまないちうんだ。津田君、百合子さんが焼餅をやくで。」三重吉は細君に加勢する。

「ひようたんだから大丈夫でせう。」と出鱈目を云ふ。

津田はひようたん談義からそろそろ解放されてもいいやうな気がしたので、話題を漱石先生の方へもちかけた。

「あの墨竹は誰ですか。」

「ありや明月だ。」

津田には明月と云つた丈けでは分らなかつた。

「はあ、素人ですか。」

「松山の坊主だよ。」

「面白いですね。」

「面白いかね。どこが面白いかね。」

「無鉄砲で、技巧なんか眼中にないのがいいんぢやありませんか。」

「うん素人だから、無鉄砲にやるほかないんだらう。技巧だつて無視せざるを得ないんだらう。そんなことより、この画には市気匠気がないよ。展覧会の画のやうに、いやに見せたいのうりたいのと云ふところがない。そこが愉快だよ。」

津田は市気匠気がありすぎて、うりたい見せたいばかりで一ぱいだつたから、漱石先生の言葉が自分への教訓のやうにもうけとられた。

「僕なんか市気匠気があつて困るんですが、うりたくつて見せたくつて仕方がないのです。」

「君のは喰へんからだらう。」

「無論さうなんですが。」

「文展の画は立派に食つてゐるにもかかはらず、市気匠気に満ちてゐるよ。」

漱石先生は思ひ出されたやうに、

「津田君、新聞社の挿しゑはかきましたか。」

「はあ、先日はどうもありがとうございました。新聞の挿しゑといふものはやつたことがないので……どんなものをかいていいのか大分考へてみたんですが、結局ホトトギスに出してゐるやうなものしか描けないので……二、三枚人物とか風景とか云ふ風に種類の異つたものを送つておきましたが、描写の種類分けといふことは、私には不可能なんです。」

「こん度、社へいつたら渋川に訊いてみやう。月村や為山を掲載けてゐるが、あんなものでもいいんだらうが、むつかしく考へれば新聞の仕事なんか出来ないよ。」

その時臼川氏がいつのまにか三重吉君と東洋城の間に座をしめて、発言された。彼は低声で静かに、

「津田君、ホトトギスの挿画の線は面白いですが、あれは筆ぢやないんでせう。」

「あれですか、あれはマッチ棒ですよ。マッチの棒に火をつけたあとが黒くなつてゐるところへ、インクをつけて描くんですよ。」

「そりや新案だね。」と先生が云ふ。

「津田君の発明ですか。」と臼川君がきく、

「ええ、僕の発明ですが、自分の厭なところが消えてしまつて、偶然が介入するんで描いてゐて

も面白いですよ。」

「ずるいことを考へたものだね。野上の能画に応用したらどうだ。野上は能画が得意なんだよ。」

と、漱石先生は津田を顧みられた。

瓢簞を愛する

津田は十時近くになつたので、他の人々より先きに漱石山房を辞した。あとには漱石を囲んで文学論が論議されてゐた。

津田は漱石先生の門を出ると、すぐ陰気な気持になつた。そして三重吉君の所謂ひょうたん——S女史のことを考へ、そして自然と彼女を弁護するやうなことを自問自答してゐた。

あの女がなにを先生に言つたか知らないが、それを生意気とか、失礼とか云ふのは間違つてゐるんだ。自分の文学的才能を先生に試験でもしてもらふつもりで言つたことなんだ。先生は弟子達に対して自由に饒舌ることをよろこんで迎へられるのだから、彼女にも先生のさう云ふ気持が通じて、なにか批評めいたことを云つたのだらう。先生は別になにも云つてゐないぢやないか。あれは弟子達自身の焼餅みたやうなものだ。そんなことはどうだつていい。俺の方はもつとむつかしいことが沢山あるんだ。

そんなことを思ひわづらひながら、いつものやうに矢来の交番から山吹町の方へ、夜のさびしい道をとぼ〳〵と辿りつつ、それからそれへと津田の苦慮はつきなかつた。

俺はあの女を小説志望の友達のやうに云ひふらしてきたが、さうでないんだから困る。然しさうかと云つて、恋愛小説みたやうなことをやつてゐる訳でもなく、立派に表通りを通つて親爺から結婚の交渉までしてもらつたんだが、先方が一人娘で他家へは出せないと云ふんだから仕方がない。だから諦める他ないんだ、いや結婚はあきらめたんだが、友達としてつきあつてゐるだけだ。彼女も文学がすきだし俺も文学が好きなんだ。男女が交際をしていけないといふ法律はないんだから、そんなことは俺の自由なんだ。どこへも遠慮なんかする必要はないんだ。

三重吉はひようたん〳〵て云ふが、美人だつたら三重吉も気に入るかも知れないが、どうせ変な顔なんだ、顔なんかどうだつていいぢやないか。昔から器量がよくつて才能のあつた女はないやうだ。俺があゝして彼女をひきまはして、それが機縁になつて彼女の才能が天下に認められるやうになればそれでいいのだ。

こんな単純な気持が何故いけないのだらう。しかし嫉妬なんていふものはおかしなものだなあ、俺は人間にそんなものがあるつて云ふことは今まで知らなかつた。細君が東京へ出てきてから、馬鹿に暗い顔をして機嫌の悪いのは、折角フランス三界まで出掛けていつて勉強をして帰つてきても、彼女の思つてゐるやうな余裕のある生活が出来ないことが原因かと思つてゐた。

三重吉君にああ云はれてみると、ことによるとそれがほんとなのかも知れない。嫉妬なんて得体の知れない馬鹿々々しいものだ。人間の自由を嫉妬心のために妨げられるなんて、人間も存外野蛮な動物だなあ、こんど漱石先生にあつたらきいてみやう。

彼はそんなことを思ひわづらひ乍ら、江戸川橋を渡つて家へ帰るのだつた。

貧乏徳利の論争

拝啓　先日は失礼致しました。其の際私が××展に出品した静物画について「あれは貧乏徳利だ」といふことで、いろ〳〵私の反省する点をお教へくださいました。其の時、私の立場も種々申上げましたが、まだ言ひ足りない点もあり、其後家で考へたこともありますので、手紙でもう一度申上げますから、どうかお聞きください。

先生のお言葉の「あれは貧乏徳利だ」と仰られる内容には、無論軽蔑の意味が含まれてゐると存じます。先生のお言葉の裏を申しますと、「津田はああいふ安っぽい貧乏徳利を描かないで、もつと気のきいたものを描けばいいぢやないか。青磁の壺でも赤絵の鉢でも陶器にはいいものがいくらでもあるよ。それを態々下手ものの貧乏徳利なんか選択してかくんだ、惜しいぢやないか」といふことなんだらふと存じます。それは全くその通りなんです。私の手許に青磁の壺とか赤絵の鉢があつたら、私は寧ろその方を制作の材料に使つてゐたかも知れません。ところが残念なことに私の現在の生活は貧乏なので、恰度下手ものの貧乏徳利の程度がせい一杯なのです。まあアノ貧乏徳利が私の今の生活を、象徴してゐるやうなものなのです。それで私は無造作に下手物の徳利を材料にとりあげて、あの画を作つたのです。

しかしあの貧乏徳利は私の趣味嗜好に相容れないもので、タタキ壊してもいいといふ程のものでもありません。あれでも黄菊か赤いダリヤでも一輪挿して私の部屋のどこかにおけば、寂しい茅屋でもたいへん滋味がでて、急に明るくなつたやうな愉しさを感ずるんです。だからあの貧乏徳利といへども私にとつては、今の生活の貴重な一つの什器なのです。

私は制作をするときに画家が自分の生活の内に無いものを、他人から借り出してきて画にするのを見受けますが、あれは間違つた態度でないかと考へてゐるんです。借り着といふ言葉がありますが、借り着は結局身につかないものです。なんとなくぴつたりしません。歌人が歌を作る場合、その材料の範囲は相当にひろいやうですが、借り物とまでは言ひ切れなくとも、身についてゐない感じのする歌が多くあつて、私達の魂をゆすり動かせてくれるやうなものにぶつかることが稀なのです。それと云ふのが、自分自身の日常生活から取材しないせゐでないかと思ひます。画にもこの意味は適用されるべきでないかと考へました。美術学生が下宿生活をして高貴な壺だの敷物なぞ材料に使つてもそぐはないし、同時に対象の高貴性がどこまで表現されるか、生活程度の差異から理解することの不可能なる故に、甚だむつかしいことだと思ひます。

いい画を描かうと云ふことは――他にも種々条件はありますが、対象の世界が判然と理解されてゐるものを材料に取りあげて画を作らうと云ふ意図なのです。

さうすれば、どうしても日常生活に於て座右に朝夕愛玩されてゐるものを、手はじめにするより他にないと云ふことなのです。

私の貧乏徳利は私の現在の生活に於て一番ぴつたりした品物なのです。つまり先生の生活程度と私の生活程度の差異の問題になるんぢやありませんでせうか。貧乏人が鰯を喰つた満足感と、金持が鯛の刺身を喰つたあとの満足感は、必ずしも鯛の方が肴の王様だと云ふ理由で、鯛の刺身を喰つたものの方が満足感が大きいとは断言できないやうな気がいたします。わたしは今のところ鰯を喰つて満足しようと云ふ程度なのです。

今一つ、これは問題が少し派生的なことになるかも知れませんが、この手紙を書きつつ頭に浮んだことなので書き添へます。何卒、冗漫に渉ることをおゆるしください。

陶器のうまいのは絵画と同様、人間の造るもので立派に出来たものは、美術品の範疇に入るものですが、さう云ふ立派な陶器を対象として画を作ることは、余程むつかしいやうです。芸術的表現が二度繰返されることになるので、最初の表現（陶器の場合）よりもよくなることは稀で、多くは陶器そのもののいい処は抹殺されがちの結果に了るのです。しかし絵画は対象の再現又は模写でないと云ふ意味で、本物よりも不味いものができても、一応の言ひ訳は成り立ちますが、その場合陶器とマヅク表現された画とを比較するとき、画家の感受性が余りにも貧弱なのにつくづく慨嘆せざるを得ないやうなことが多いのです。

それで狡いやり方かも知れませんが、下手物のやうな何等芸術的効果も特別な作為をも持たないで、只一途に、酒を入れるためにとか肴を盛るためにとか、実用的のことのみを考慮して作られた雑器の類を取扱つて、そこから絵画的な効果を作品に現はさうと考へることはどんなものでせう。この次、お伺ひする時何卒この点について先生の御意見をおきかせくださるやうお願ひ致します。　草々頓首

津田青楓

拝復

貧乏徳利の論議は一応御尤もの様ですが、貧富からくる生活の区別が私とあなたとでは夫程懸絶してをりません。従つて是はまだ他に深い理由があるのだらうと思ひます。此の間の絵についてお帰りのあと猶よく考へた処を一寸申上げます。

あの絵のバックは色といひ調子といひ随分手数のかかつた粉飾的気分に富んだものです。少くとも決して簡易卒直のものではありません。然る処其の前景になつてゐるものが、如何にも無造

作な貧乏徳利と無造作な二、三輪の花です。そこに一種の矛盾があつて、看る人の頭に不釣合の感を起させるのでせう。尤も西洋人が見たら貧乏徳利だか何だか分らない位、吾々の持つてゐる聯想は起らないかも知れないが、然しあの徳利のかき方が、如何にも簡単で一息であるから、精根をこめたバックとは、其点で妙にそぐはなくなるのです。私はどうしても、さうだと断言したいのです。夫からあのバックに就いて一言申上げますが、あれは単独に云つて好きですが、趣味からいふと飾り気の気分にみちたもので、まあ豊潤な感じのあるものですし、夫から、それをかくためには大分な労力を要する性質のものです。だからあまり丁寧にかき過ぎても、又沢山かき過ぎても、厭味が出て参ります。一つ是をかいて見せつけてやらうといふ事が出てくるのです。

あなたの大きな画ではあのバックがあまり沢山かき過ぎてある。小さな画では一徳利に比して丁寧にかき過ぎてある。それが双方とも私の意に満たない原因の大なる一つかと考へます。御参考迄にわざ〳〵申上げます。あなたから見たらわざ〳〵聞く必要もないかも知れないが、あなたのやうに気取る事の嫌ひな人が、あのバックに就て無意識の間に気取つてゐるやうな結果になるから、妄言に対する御批判を煩はしたくなつたのです。お考へは今度お目にかかつた節承ります。

さよなら

夏目　金之助

八月廿四日

拝啓　小生のくだらぬ作品について、諄々御親切な御批判を頂きまして恐縮してをります。今度お会ひしたとき、御批判に対する私の意見を述べるやうにとの仰せでしたが、私は生来お喋りが下手なので、人前では思つてゐることが、ほんの一部分しか言へないのです。殊に理智によつて判断を下すやうな事柄になると、猶更駄目なのです。喧嘩の報告のやうなことになると存外舌が滑らかになつて、自分でも不思議なほど上手にお喋りができることがあります。

それ故一度手紙で先生の御批判に対する私の考へを述べさせて頂きます。御迷惑でも何卒最後までお読みくださ い。

先づ最初に先生は、

「貧富からくる生活の区別が、私とあなたとでは夫程懸絶してをりません。」

と仰せられることです。

この点は私には大いに異存があります。先生も一応は御承知のやうに私は六円何がしの家賃の家に住んでをります。親兄弟は元より誰からも一銭の援助をも受けずに、手あたり次第に銭になる仕事を引受けてやります。趣味の好悪だとか能力の可否なんか問題にする余裕はありません。それよりも妻子を餓死させるといふことの方が遥かに問題は大きいので、謂はば襤褸屑を拾ひあつめるやうな仕事をして、どうやら其の日を送つてゐる程の人間です。まことに——生活者としては一番低い天井裏の生活者なのです。

それと先生の生活が余り懸絶がないなんて仰せられるのは、先生の主観か又は多分に感情でさうお思ひになられるのでないでせうか。他人の生活に立ち入つて兎や角云ふことは余り好ましいことではありませんが、貧乏徳利一個が私の生活の唯一の装飾品といふ程なんですから、そりやくらべものになりませんよ。

先生に言はせれば、儂だつて君と同様襤褸屑のやうな仕事をして、好きな骨董品も買へないで齷齪《あくせく》とやつてゐるのだ。日々の収支の数字はコンマの置き処は違つてゐるかも知れないが、主観的にはさう懸絶がありやう筈がないと叱られるかも知れませんが、私から云へば貴族とドブさらひほどの懸絶があります。

次に先生は、

「あの絵のバックは色といひ調子といひ随分手数のかかつた粉飾的気分に富んだものです。少くとも決して簡易卒直のものではありません。然る処その前景になつてゐるものが如何にも無造作な貧乏徳利と無造作な二、三輪の花です。そこに一種の矛盾があつて、看る人の頭の不釣合の感を起させるのでせう。」

ここではバックの描法と貧乏徳利とが不調和だといふお説であります。仰せのやうにバックは印象派的な点描方式で描き、貧乏徳利は旧来の表現方式で描きました。先生は貧乏徳利そのものを不調和の原因になさつてゐるやうでありますが、実は表現方式の不調和に基因するものでないかと思はれます。

徳利もバックも同じ様式で描けばよかつたのかも知れませんが、さうすると徳利もバックの距離に沈んでしまつて徳利の存在が明瞭を欠く恐れがあるので、こと更にバックと徳利の表現方式をかへてみたのですが、先生からさうおつしやられると、或はバックも徳利も同じく点描式にやつちまへば、さうした矛盾が解消されたのかも知れません。その代り徳利はグッと画面に沈んでしまつてバックの模様と混同されるやうな結果になるかも知れません。

最後に今一つ弁解めいたことをさせて頂きます。

「あなたのやうな気取ることの嫌ひな人があのバックに就いて無意識の間に気取つてゐるやうな結果になる……」

先生は私にあなたのやうな気取ることの嫌ひな人間と言つて頂きましたが、実を言ふと、私自身がさう言ふ人間だつたのかと先生のお言葉で始めて気がつきました。成る程私はいつでも素地のままの自身を抛げ出して周囲にもしくは社会に接して行きたいと心掛けてゐます。このことは単に私自身の身勝手から出た行為なのです。つまり気取つたり、見せかけたりすることは自分自身を非常に窮屈にするので、その窮屈さが絶対に私には相容れないものなのです。だから嫌ひな窮屈から脱却する為には、いつでも凡てを抛げ出して裸体で接触するにかぎると思つてゐるのです。

そこでこの芸術作品にもこの流儀を応用して、気取らずに楽な気持ちで作品をこさへればいいやうなものですが、さうなると持つて生れた本来の私自身は直截に表現されて厭味のない作品はできるかも知れませんが、持つて生れた本来の厭味はいつになつてもぬけきらず、むしろ益々増長して厭なものが段々強大になつてゆくだらうと推察されるのです。私自身の顔を鏡にうつして厭な処を自分自身で見てゐるやうに、それが作品の上に現はれることは堪えられないことです。この持つて生れた厭味を取り払ふためには一生懸命努力して、いろんな鞭でその悪魔を追ひ払はうと思つてゐるのです。

だから私の現在の画は半ば勉強画《エチウド》であり、半ばは制作《タブロウ》といふことになりさうです。

そんな訳ですから、当分はまだ〳〵私の画にはいろんな厭味がつきまとふかも知れませんが、どうか御辛抱してごらん下さる様お願ひ致します。

長々と自己弁解を書き続けましたが、お気の向いた時寝ころんでお読み下さる様。何れその内又お邪魔に上ります。　敬具

津田青楓

訪ねて来た漱石

津田の住居は掌ほどの小さな家だつた。玄関と居間とをかねた四畳半がひと間と、その部屋の押入の裏になるところに三畳の茶の間があり、それにつづいて土間に流しがついてゐる。そして六畳の二階がひと間ある。それが津田の書斎兼画室なのである。二階へ上る階段がいきなり玄関の土間につづいてゐる。

津田は巴里では六畳ぐらいの一室に、片隅に寝台を置き、片隅にストーヴをおき、いま一つの隅には小さな古机を居いて、極めて単純に極めて質素に生活をしてゐたので、この小さな家も然程苦にはならなかつた。

フランスから帰つてきた連中は第一にアトリエをこさへるが、俺にはそんなものはなくつたつていいんだ。モデルを描いたり、静物を描いたりするにはアトリエが必要かも知れないが、アトリエを持たなくたつて画家になれぬといふ法はないんだ。風景さへやつてゐりや郊外で浩然の気を養ひながら立派に画が描ける。アトリエなんざあどうだつていい。

彼はそんな気持でゐたから、家のことなんかは殆んど念頭になかつた。

ある日津田は細君が柳敬助君の細君から紹介された婦人雑誌に、小遣稼ぎの口がありさうだといふので、赤ん坊を津田にあづけて出掛けて往つた。津田は赤ん坊の守をしてゐる時間が、無駄な様な気がして一刻でも時を空費することはやりきれなかつた。

玄関に直結して、居間とも玄関ともつかない四畳半に、本と赤ん坊を一緒にかかへてゆき、赤ん坊をそこにおつぽり出して本を読んでゐた。赤ん坊は畳の上を自由に泳ぎ廻つて、土間も床の上も見さかひがないから、何度か土間へころび落ちさうになつた。津田の神経は文字と赤ん坊とのあひだを目まぐるしく往復してやりきれない。赤ん坊が折々不機嫌になる。S女史からもらつた風車を振り廻して、「赤ちやん〳〵　おい〳〵　これだ〳〵」と本の頁を指先で挿みながら、赤ん坊をあやしてゐたが、やりきれなくなつて、柳行李の中から赤い腰紐をとり出しそれで赤ん坊をしばり、一方の紐の端を窓に取りつけられた鉄棒の格子にゆわへつけた。それで安心して文字の上に頭を集中した。赤ん坊はつながれた犬のやうに紐の長さだけの円を描いて、ぐるぐる這ひまはつた。

そこへ突然「ご免ください。」といふ声がした。津田が本から眼を放して玄関の硝子戸を開けると、それは思ひもよらぬ漱石先生の来訪だつた。

津田は一寸面喰つた。漱石先生が自分のやうな新参者の住居へ駕をまげられるやうなことは全く予期しなかつた。

「いや……どうも……。」

「こんな茅屋に住んでゐます。今日は家内が婦人の友社へ出掛けまして……子守を仰せつかつたもので……。」

と、津田は気はづかしい気持だつた。

「この近所に狩野がゐるんで……。」

「一寸おあがりくださいませんか、私の部屋は二階なんですが。」

見ると漱石先生は立派な風をしてゐられる。こまかい十の字絣の薩摩上布の上に薄物の羽織をはおつて、絽の袴をつけてゐられる。名実ともに雞舎へ一羽の鶴がまひ込んだやうで、「どうかお上りください」と云つてはみたものの、鶴の美しい羽に泥でもつきさうで、重ねて「どうかお上り下さい」と云ふのも気がひけた。

「いや君はえらいところにゐるんだなあ。」

津田はただ、

「ええ」

と云つただけである。

「赤ん坊がうろ〳〵這ひまはるので、おち〳〵本も読んでゐられません。」

「うん。君このあひだ話してた支那の敷物はまだ着かないかね。」

「ええ、今は御大典の荷物が輻輳してゐるので、我々のものはあとまはしなんださうです。」

「早く見たいね。」

先生は稍少時これが新帰朝画家の生活ぶりかといふ風にあたりを見てをられたが、別段上つてゆかうとされる様子もなく、津田も恐縮してしまつて、それを強ひることもできなかつた。

「僕は狩野の宅へ行くんで失礼するよ。又木曜日にやつてきたまへ。」

さう云つて漱石先生は門の外に消えてしまつた。

津田はなんだか名残り惜しいやうな気がして、暫く茫然としてゐた。

早稲田派の若手

津田は東京に親戚もなければ友達もない。その上東京の土を踏むことすら始めてなので、上京の希望に燃えあがる一方、心の奥底では不安と心細さがあつた。

無鉄砲に大洋へこぎ出したボロ船のやうに、怒濤にもてあそばれつつ行く手もわからずに、只無闇矢鱈に艫をこぐより他に方法も知らなかつた。右を見ても左を見ても、毛色の異つた言葉の通じない外国に出た時の心細さにもまして、不安と寂しさは加重していつた。故郷をはなれて異国に留学している人々は、年齢と貧富を超越して誰の心にも一様に故郷を思ふ寂しさがある。それ故却つてみなの心は一筋の糸の上につながれてゐる。

東京に出た彼には既に妻があり子供がある。本来から云へば夫婦は相倚り相扶けられ、外からよせてくる濤のうねりが大きければ大きいほど、却つて二つの魂はしつかりと抱き合つて、嵐もシケも吹き飛ばして乗りきる力となるのだが、彼の場合はそれが全く逆であつた。一途に画の修業道のみを第一義と思ひ込む結果、それを妨げるものは一番身近な妻子であるかのやうに錯覚するのである。あたかもいくら栄養を摂取しても、みな腹の中に巣喰つた虫けらに喰はれてしまつて、自分は骨と皮になりながら、駆逐することもできぬ人間の宿命を、ただ嘆息しつつ、一方では意志のきずなを引締めつつ、未来への希望へ邁進せんとする彼であつた。

彼は近所に住む画家文士達とは自然ちかづきになり、そして又その人々によつて彼の寂しさがつぐなはれた。画家ではアメリカ帰りの柳敬助君、フランス帰りの斎藤与里君、文士には小川未明君、本間久雄君、相馬御風君、人見東明君等々が、それぞれ同じ町内と云つてもいいぐらゐの距離のところに住んでゐた。

その翌日彼は稼ぎ仕事のことをあれやこれやと思ひ悩んでゐると、道路の下から元気のいい声で「ツダ君〳〵」と、どこか国訛のある調子で呼びかける者があつた。

津田は二階の障子をあけて下を見た。毬栗頭の剽悍な体躯、未明君であつた。性急で思ひ立てば、即座に実行にうつらないと腹の虫がおさまらぬと云ふ風の人だ。

「津田君なにかやつてゐるのか。」

「ええ。」

未明君は童顔で顔中に笑ひを浮べてゐる。

「津田君、壺を見つけたんだよ。護国寺前の古道具屋で、君、散歩がてらに行かないか。」

津田は仕事から解放されるのもうれしいが、それかと云つて、今出れば半日は完全に棒にふることになるので躊躇した。

「いこや……津田君……何かやつてゐるのか。」

「今日締切りですから、やつておかないと月末に予定がくるつてしまふので……」

「さうか、それぢや僕一人で買つてくるから、買つてきたら見てください。」

「相馬君が君になにか頼みたいことがあると云つてたよ。」

さう云つて未明君は足ばやに老松町を通りの方へ出て行つた。

津田は散歩に出かけたい気持をグツと押へつけて、又机の前に座を占めて碁盤の目に文字をつめこんだ。梯子段を踏む音がして、細君が顔だけを出して、「柳さんですよ」といふ。津田は「ウン」と云つてまたペンを動かしてゐたが、細君の下りてゆくのと入れ違ひに柳敬助氏が現はれた。

敬助君は質素な和服の着流しで、アメリカ帰りらしいハイカラな処は少しもなかつた。

「どうです画は描けますか。」

「稼ぐ方がいそがしくつて、仲々画を描く時間ができないよ。」

「勉強は矢張り外国でなくちや駄目ですよ。日本に帰ると、どうしてから、こせ〳〵と用事が多いんでせう。」

「矢張り家庭生活て云ふのは画家には不自然なのかしら、」

「独り身でゐることが一番自由だし、自由であることが画家には第一の条件なんだからね。」

「それに我々は稼がなければ喰つてゆけないのだから、柳君は奥さんが稼いでくれるからいいでせう。」

「いや、さう見えるだけで、女のことだからちつとも生活のたしになんかなりませんよ。」

「さうですかね。」

「婦人の友で広告を出してもらつて頒布会のやうなものをやつたら、どうかと思ふんだが、スケッチ板を五円にして、二度三度位に払込むやうにして……二人でやつてみませうか。」

「それができればいいですね。なにしろ画かきは矢張り画を売つて喰へることが一番いいんだからね。」

「ぢや一つ規約みたやうなものをこさへてみませうか。五円ぢや少し安すぎるから八円位にしませうか。」

「高く買つてくれれば高い程いいんだが、僕はどちらでもいいんですが。」

「まあ値段は雑誌社の人に相談してみませう。」

そんなことを云つて柳君の帰つたあと、下では赤ん坊が頻りにむづかつてゐた。津田は頭のネジを又元へ戻して原稿紙に向つた。

すると細君が赤ん坊をあやしつつ道路へ出たやうな気配で、前の三峡塾のおよしさんと流しもとで饒舌つてゐる話声がきこえる。

およしさんも広島県人なものだから、細君はいつとはなしに、このおよしさんと親しくなり、行つたり来りしてゐた。

三峡塾と云ふのは早稲田の学生で、広島県人ばかしが寄り合つて一軒借り、一人の女中を雇つて煮たき万端をさせてゐる共同の下宿なのだ。

政治科の学生でも多いのか、土曜日になると、討論会か演説会かしらないが、大声を張り上げて小むつかしいことを、あたりかまはず怒鳴つてゐる。それが恰度二階の津田の部屋と向き合つてゐるので、ちよる〳〵といふのと、ぢやが〳〵といふ広島特有のお国訛が、彼には大そう愉快だつた。

少時すると毬栗坊主の未明君が道路に現はれ、「津田君、津田君」と口早やに声をかけた。津田はペンを片手に持つたまま、テスリに片手をかけて道路へ首を出した。未明君は片手にステッキを持ち、片手に生姜壺をさしあげながら、

「津田君……買つてきたよ、これ〳〵、あとで見にきてください。」

さう云つて、うれしさうに大股に自宅の方へ帰つて行つた。

津田はかうして度々仕事の頭を中断されつつ、気ばかりいら〳〵して一つの仕事に何度か頭のネジを捲き直すのだつた。

それでもどうにか一つのくぎりを書き終へたところ、本間久雄氏が現はれた。本間氏は至極温厚で真面目一方である。彼は笑ふことがない。ましてや大口を開いて笑ふやうなことは此の人には見られない。

「津田さん、今度の早稲田文学に、なにか一つ表紙画を画いてくれませんか。お礼はたいしてできませんが……前のは与里さんに画いてもらつたんで、こんどは是非あなたにお願ひしたいのです……。」

「締きりは何日ですか。」

「廿日ぐらゐで結構です。なに一日や二日はおくれてもかまひません。色は墨の外に二色ですから。」

さうして用件が済むと、二人はつれ立つて未明君の宅へ出掛けた。

未明君は客を迎へることが好きな人らしく、玄関の格子戸のあく音をききつけると、いきなり

飛び出してきて、

「上り給へ〳〵さあどうぞ〳〵。」

彼は一つ言葉を必ず畳みかけて云ふ癖がある。彼は客を迎へる一方台所の方へ向つて、

「キーヤ〳〵津田君がいらつした、キーヤ〳〵。」

細君の名がキクであるかキヨであるかしらないが、その頭字を呼び名としてゐるらしい。

「津田君買つてきたよ、見てください。」

さう云つて、さつきぶらさげてゐた壺を二人の前に出した。

未明君は最近画家仲間が古道具屋で壺や皿を買ふ話をするので、それに刺戟されて自分も掘り出してみたくなつたのである。子供達が他人がコマを持つてゐるのを見ると自分もほしくなり、他人がボールを持つてゐるとほしくなるのと同じ様な心理で、未明君は童心童顔の人なのである。

「この壺は口がカケてますね。」

「うん、カケてるんだよ。カケちやまづいかね、」

「カケてたつてかまはないですが、カケない方がいいですよ。」

「さうかね、キイ〳〵この間の皿を持つてきてごらん。」

「この皿はどうかね。」

「こりやニシン皿ですね。」

「ニシン皿ちうと、」

「つまりそこいらの一膳めし屋でニシンの煮びたしを盛つてある皿なんだ。一番ありふれた一番下等な皿なんだね。」

「さうかね。」

「しかしこの薄だか藁屑だか判明しないやうな、鉄粉の模様が面白いですね。」

「モデルにならんかね。」

「こいつは色が渋いし、平面だから画には工合が悪いですな。静物のモデルには矢張り壺とか徳利の方がいいですよ。」

「さうかね。」

「いくらで買ひました。」

「皿は君、五銭だよ。壺の方は少し高いよ。廿五銭て云ふんだよ。カケてゐるから廿銭にまけさせたのだよ。君もモデルにするんだつたら貸しますよ。」

「ありがたう。僕は安ものの徳利だの壺だのをよく描くもので、夏目さんに貧乏徳利だつてひやかされたよ。」

「そりや貧乏徳利に貧乏皿かも知れないが、画に描きや美しく見えるよ。」

「君らは貧乏だから、こんなものをモデルにするより仕方がないんだ。小川君がインバイを書かれるやうなものですよ。」

「ワハヽヽヽヽ。」

と、未明は大きな口をあけて笑つた。

本間氏は真面目な顔をしてゐて一緒に笑はふとしなかつた。

ソクラテスの女房

その頃津田の頭の中は画をかく時間をつくりたいといふことで一ぱいだつた。おなじ頃フランスにいつてゐた友達はみなアトリエをこさへて、留学当時とおなじやうに毎日々々画をかくことが彼等の生活であつた。それにくらべて、自分の生活はくる日も〳〵生活費稼ぎに追ひまくられてゐる。それのみか、すきまがあれば細君と云ひ争つてゐる。たま〳〵二人のなかがなごやかに進行する日は、赤ん坊の守に大半をうばはれてしまふ。こんなことで俺の生活は一体どうなるのか、このままでずる〳〵に押し通してゆけば俺は優秀な芸術家になるどころか、只の人間で終る他ない。

津田の頭の中はそんな考へで一ぱいなのだ。それを見かねて細君は婦人雑誌に関係をもつて、少しでも生活費を稼がうとする。すると、

「あなた、××社へ一寸行つてきますから赤ん坊を見ててください。」

「だつて今日は画をかくんだよ。」

「画なんか急ぐことないぢやありませんか。私のは毎月、日ぎりできまつてゐる用事なのですから。今日うち合はせにいつてこないと間に合はないんですよ。」

「俺の方だつて急ぐんだよ。俺は百年も二百年も生きさせてくれるんぢやないんだから、早く勉強しなければ、俺は何もこの世にのこさないで死んでしまふことになるんだ。なにも赤ん坊の守に生れてきたんぢやないんだから。」

「そんなこと仰るなら、立派に月々の生活費をあなた一人でお出しなさいよ。さうすれば、あなたのすきなときに、いつでも画をかかしてあげますよ。」

こんな問答がもとになつて、段々論争が根本的な問題に立ち入り、はては出るのひくのといふことまで持ちあがり、細君はヒステリックになり、津田はなんとも云へない暗い気持になつて、灯台を見うしなつた船のやうに失望と焦燥で人生をはかなむのだつた。

「どうせあなたは私がきらひなんだから、他にいい人があるんだから、いいでせう。」

さういふ言葉をなげかけておいて、何かごそごそと行李からものを出して出掛けてゆくか、或はその言葉と同時にそこに泣きくづれるかの、どちらかであつた。それから以後の津田の心は勉強も芸術もなにもかも「どうだつて、かまふものか」といふ自暴自棄の心になり、それよりも差し当つて現在の陰惨な情勢をいかに輓回できるかに傾いてくる。

津田はいつでも、さうした憂欝な気持で漱石山房を訪れるのだつた。

その日の木曜会は少し時間が早くつて、まだ誰もきてゐないやうだつた。先生に挨拶をすませて、二こと三こと話してゐると、女中が風呂の沸いたことを知らせにきた。

「おい君、風呂に入らないか、」

「はい、先生どうぞ。」

「いや僕も入る。一緒に入らう。」

「では私も……」

さう云つて先生は書斎の裏側の縁から湯殿の方へゆかれた。彼もそのうしろからついていつて、先生と同じところに着物を脱いで、二人で湯殿に入つた。津田は恐縮しながら、浴槽につかつた。

先生は微笑しながら、

「ひようたんはどうした、」

「ありやもう京都へ帰りました。」

「仲々勇敢な女だね。」

「さうですか、小説家志望なんです。」

「うん。」

「鈴木さんに忠告されました。」

「鈴木はなんて云ふんだ、」

「細君が嫉妬するから、止せつて。私は別にどうつて云ふことはないんですが、只彼女は文学的才能があるし、私は東京に住んだことがないので、どこへゆくにも地理が分らないから、一緒に歩いてゐるまでなのです。別にどうと云ふ訳でもないのです。」

「物部博士のとこへも行つたんだね、物部のお嬢さんが云つてたよ……　百合子夫人は元気かね。」

「ええ、元気ですが、喧嘩ばかりしてゐてやりきれません。芸術家なんて云ふものは独身者でなくちや、成功しないんぢやないでせうか、」

「君ソクラテスの女房を知つてゐるかい、」

「いや知りません。」

「あいつあ、猛烈なヒステリーなんだよ。」

「はあ、ソクラテスと云へば、希臘の偉い哲学者ぢやないんですか、」

「うん――ソクラテスはヒステリーの細君を背負つて一生涯苦しんだんだ。」

「はあ、さうですかね。そんな偉い人でも細君の操縦と云ふことはできないものなんですかねえ。」

漱石先生はただ口辺に皮肉な微笑をうかべて、にやにやしてゐられるだけで、肝心の百合子やひようたんの問題については、なにも云つてくださらなかつた。

私は先生の肩を流したり、自分を洗つたりして、先生よりさきに体をふいて外に出た。先生はつづいてあがつてこられた。ふと見ると、先生は私の使つた石鹸箱を丁寧に一応洗ひ、その上を手拭でふいてゐられた。私は書生ぽのやうな気持で、使つた石鹸箱に水が溜つて、石鹸の表面がぶよぶよになつてゐることも気付かぬではなかつたが、不精をし、そのままにして出てしまつた。それを先生が几帳面に掃除して出られるのを見て、横着な若者だつたといふ気がして恐縮した。

湯からあがつて書斎に帰ると、そこにはもう四、五人のお弟子が円陣を作つて座についてゐた。先生はどうした風の吹きまはしか、小宮豊隆氏を顧みて、

「小宮、お前は不都合だよ。」

「なんですか、」

と、小宮は突然な先生の語気に答へた。

「俺が電話口に出てゐるにもかかはらず、奥さんを呼べ〳〵つて頻りに言ふぢやないか。俺は夏目金之助でここんちの主人公ぢやないか――」

「いや、それや先生――最初先生つてことは解らなかつたんです。」

「解らないことはあるもんか、俺は夏目だつて云つてるぢやないか。」

「いや、夏目と仰つたのはお兄さまだと思つてゐたんです。」

「お前は音楽がどうのかうの、吉右衛門のセリフがどうだからうだ云つてをつて、俺と兄貴との言葉の区別が解らないのか、」

「そりや先生ひどいや。電話ぢや、さうはつきりした区別はできませんよ。」

「ぢや、電話の罪だつて云ふんだな。そんな電話なんか、用事がないや。あのベルが鳴らないやうに受話器をはづしておけ。こつちが用事を達するよりも向うからしよつちうチイチイ鳴りづめで、うるさくつてしやうがないよ。」

さう云つて先生は廊下に立つて、電話のある方へ荒々しく行かれた。

すると三重吉君が小宮氏の肩をつつついて、やや小声で、

「小宮、とう〳〵虎の尻ぽを踏みよつたわい。」

と、みなの方へ眼を向け、半ば同情するやうに、半ばは「それみたことか」と云はぬばかりに、

兄貴が弟をたしなめるやうに、

「小宮は馬鹿ぢやのう、わしやいつ虎の尻ぽ踏むかしれんけんのう、暗闇じやうつかり歩けないぞや。」

やがて先生が元の座に戻つてこられた。

すると三重吉君が、

「先生——小宮はとう〳〵虎の尻ぽを踏みよりましたのう。」

小宮氏が、

「先生、ベルをおはづしになつておくといけませんよ。」

「どうしてかい、」

「だつて外からだつて、どんな重大事件を云つてこないとも限らないぢやありませんか——それに第一機械がこはれてしまひますよ、ベルを綿か布で包んでおけば、うるさくないですよ。」

「ぢや小宮、お前やつてこい。」

源兵衛の散歩

津田が例の如く漱石山房の格子戸をあけて、玄関に案内を乞ふと女中が取次いで「どうぞ」といふから、津田は玄関をあがつて書斎に通ずる廊下に出て、書斎の入口まで行つてみると、先生は意外にも机の前で手枕をして、向うの方をむいてゴロリと午睡をしてゐられた。津田は少々あてがはづれた。今しがた女中が俺の来たことを告げたはづだが、変だなあと思ひながら、そのまま縁側に座つて先生の眼が醒めるまで待つことにした。

庭には木賊が一面に林立して美しい。植木屋が、木賊のあひだにある落葉だのゴミなぞ拾つて掃除をしてゐた。縁側の最後の柱に、妙な——小学校の授業開始に小使が振る鈴のやうな——錆ついた風鈴が下つて、そのバックが茂つた樹木で蓋はれてゐた。

彼はただ茫然とそんな光景を眺めてゐた。そして、

「いつでも植木屋が庭を掃除してゐる。先生は贅沢だなあ。」

と、考へた。

このあひだ内田百閒君と僕と先生と三人でこの縁側で話してゐて、内田君が煙草の吸殻を木賊のなかへ捨てた。すると先生は、いやな顔をして、

「君、ヨセヨ、そんなところへ吸殻なんか捨てるのは――」

そんなことを云つて叱つてをられたが、先生は木賊をけがされることが厭なんだな。

又そんなことを思ひながら、黙然と縁側に座して木賊を見つめてゐると、一匹の蜥蜴が木賊のあひだをチョロ〳〵這ひ出してきた。何ごころなく見てゐると、どこからともなく又一匹でてきた。二匹が相寄り何か話でもとり交してゐるやうに見えたが、そこへ又別の一匹が現れた。すると、あとからきた一匹と頻りに咬み合ひ、上になり下になりして喧嘩を始めた。そのうち一番最初の一匹が、どつちかに加勢をして、三匹の蜥蜴が入りみだれて喧嘩をしてゐる。一体なんのために咬み合つたり、喧嘩をしたりするのか妙なことだと思ひつつ熟視してゐると、それは一匹の雌の蜥蜴に二匹の雄が交尾せんがために相あらそひ、闘つてゐるのだといふことが分つた。

人間の世界もこの蜥蜴の世界と何等異つたところがない。彼はさう思ふと急に人間の生活本能が恥しいやうな気がした。そのうちに先生が眼を醒された。

「おい、君なのか、寝てるあひだ待つてたのか、」

「ええ。」

「俺は狸寝入をしてゐるうちに、とうとう寝込んでしまつたよ。」

「どうして狸寝入りなんかなさつたんですか、」

「なんだか厭な奴がきたやうな気がしたので、狸寝入りをきめこんだら、とう〳〵ねてしまつたよ。君、この間の毛氈を敷いたから見てくれよ。」

「なか〳〵いいですね。」

「こりや君、なんて云ふんだい、」

「こりや、五羽鶴て云ふんです。多分支那のものでせう。」

「これが鶴かい。家鴨だか、鵞鳥だか解りやしないね。」

「多分鶴のつもりなのでせう。五羽ゐるぢやありませんか。京都では祇園祭の日に旧家では、どこでもこれを店さきに敷いて屛風を飾るんです。」

「仲々立派なものだ。」

「先生は古いものがお好きですね。穴八幡の下に光琳風の二枚折がありますが、先生お買ひになつてはどうです、」

「いくらだ、」

「拾五円とか云つてゐましたが、紫陽花や立葵なんかの草花が描いてあるんですが、多分、其一とか云ふ光琳の弟子でせう。」

「散歩に出て、そいつを見ようか。」

それから漱石先生と津田の二人は散歩に出かけた。津田はその日の日記を次のやうに書いた。

今日漱石先生と源兵衛を散歩す。その前、穴八幡前の古道具屋に寄り、その節見ておいた其一の二枚折屏風を先生にすすめて買はせる。十五円をなにがしまけさせる。

源兵衛といふ処は、生垣をめぐらした家が多く、なかには藁葺の大きな屋根の家があり、欅の大木が屋根にかぶさつて、田舎だか町なのか分らない。コスモスの花や、葉雞頭の眼のさめるやうな色が、垣根のあひだから、ちら〳〵見える処があつた。

漱石先生は源兵衛といふ名前が面白いと云はれるから、私の親爺の名前と同じですといふと、君の親爺の商売は何だと云はれるので、一寸厭だつたが思ひ切つて、花屋です、店では花屋で奥では生花の先生です、親爺は店に出ると花源の親爺で、源兵衛さん〳〵と人は呼ぶんですが、奥へ行くと一葉先生で、風雅な風采をして、急須からしぼり落した茶ばかりすすつてゐます。それだから僕を学校へもやつてくれないで、小学校を出ると丁稚にやらされて、それがいやだから家を飛び出して、それからは孤児のやうに、そこいらをうろつきまはつて、自分でやつと今までこぎつけたのです。百合子は親爺の秘蔵児で可愛がられてすきなやうにして生育つたものですから、私のやうな人間とはなか〳〵うまくゆきつこはありませんよ。

そんな話をして、二人で生垣のあひだをぶら〳〵歩いてゐた。

先生がふん〳〵云つて聞いてゐられるものだから、調子に乗つていろんなことを饒舌つてしまつた。そしてしまひに、先生は何を思はれたのか、俺も画をかくから、油絵の道具を一式そろへて買つてきてくれなんて、私と競争でもするやうな意気込みだつた。

おでん屋

津田が矢来の交番のところを山吹町の方へ曲つたとたんに、うしろから、

「おーい、津田君、津田君、」

と呼ぶ者があつた。津田がふりかへつて見ると三重吉君だつた。誰かと二人で、よろめいた足どりで歩いてゐた。

津田は一寸立どまつて、二人の近づくのを待つた。一人は草平君だつた。

三「津田君、まてや、百合子夫人が待つとるのか、わしが証明してやるけん、津田君僕に一寸つき合つてくれや。森田、ゆこうで、案内せいや、一杯飲んでゆこうや。」

草「どこへゆくんだ。」

三「どこつて——しらばくれるない、貴公毎日行つちよるぢやろが、わしや奥さんから、ちやんときいて知つちよるんぢや、アカぬけのしたお内儀を僕に紹介せーよ。」

草平君は頭のうへに一寸手をかざして、口ごもりながら、
草「なんだおでん屋か、べつに——まいにちもゆきやしないよ、奥さんにそんなこと云つたかなあ、内密なんだよ、先生にすまんからなあ。」
三「先生は酒を飲まんけん、酒飲みの気持は理解できんて、貴公のやうな、くちや〳〵した問題のあるときこそ酒がありがたいんだ。クヨ〳〵するなよ。この横町かい。」
草「そのもう一つさきだよ、困つたな——、まあ行つてもいいが、別にアカぬけもしてゐないよ。」
三「文句云ふなよ、案内しろ、おいきたぞやあの赤提灯かい、」
草「いやもう少しさきの電燈のついたとこだ。」
三「津田君は酒は飲まんかい、」
津「すこしは飲みますよ。」
三「ちつたあ飲みんさいよ、酒を飲まん者は女房が可哀相だ、親爺みたいに気むつかしくなつては女房はやりきれないぞ、おつと、ここか森田。津田入れや。」
お内儀「入らつしやいまし、せまいところですみません。その樽をもう少しこちらへよせませう。さあどうぞ。今日はどちらへお越しです、おそろいで、」

森田君は敷島を新しく一本くわえて、古煙草の火から新しいのにうつしながら、
草「今日は親爺のところだ。」
三「草平はだいぶお説教を食つたな。お内儀さん、わしにガンモつかわさい。津田君なにを食ふ。
お内儀さん一本つけてくれや。」
津「なんでも結構です、やつぱりガンモと焼豆腐にしませう。」
草「儂はコンニャクにしやう。」
三「津田君『櫛』の装幀はよくできたよ。うちの内儀さんがとてもよろこんだぞ。あれは美しいよ。あのとほりをなにかに描いてくれんかな。紙でも絹でもなんでもいいから、おふぢがよろこんぢよるよ。あの藤は簡素でうつくしいよ。森田の『十字街』はわしやスカンでや。森田は装幀なんかどうだつていいんぢやろう。」
草「そんなことはないよ。君みたいに文句は云はない丈けだ。画家の苦心するところは僕にはわからんから、」
お内儀「森田さん近ごろいいのでもできたんですか。いやにくすぶつていらつしやいますが、ちつとなぐさめてあげてくださいまし。」
三「森田、貴公、善人ぢやけんのう、トクぢやのう。お内儀にあげなこと云はれて、もつと大胆

になれや。貴公、まちがつちよるぞ。」
草「なにがい、」
三「なにがつて、そうムキになるない。一杯さそうや、高が女学生ぢやないか。なんとか老師に参禅したとかなんとか云ふちよるが、親爺でも分らんよ。乳くさい少女が生意気だよ。試験されてゐるんだよ。草平先生善人すぎるで。」
草「三重吉、お前は達人だよ。女人に関するかぎり。」
三「所詮は屁は風ぢやよ。結局女人は女で御座んすよ。」
草「お前と儂とは人生がちがうよ。儂は相手によつて動くんぢやないんだ。儂自身が真剣勝負をしたんだ。」
三「そいぢや、貴公はドンキホーテか、恋のドンキホーテといふところか、」
お内儀「まあ、お酌いたしませう。こちらさんはあまりあがらないんですか、なんですか、私共よくわかりませんけれど、殿方と女といふものは、ややこしいものでございますわね。」
津「しかし文士はいいですね。なんのかんのと云つても、それ自体がみんな材料になるんだから、画かきは動かないモデルをハダカにしてみるぐらいのことで、面白くもないですよ。」
草「ともかく儂は今度の事件を書くよ。書くほかに、儂の生きる道はないんだ。」

漱石先生の油絵

津田が先生から頼まれた油絵の道具を買つて漱石山房に現はれたのは、木曜日ではなく、余り面会人のこないただの日であつた。

漱石先生は日課の小説が恰度終つたところらしく津田を書斎に迎へて、道具の遣ひ方の説明をきいたのち、

「ぢや早速今からやつてみよう。君も一緒にやつてくれ。」

津田は書斎の中をぐるぐる見て廻つて、何をモデルに使ふべきかを捜して歩いた。先生の書斎にはいろんなものがあつた。その大半は書物であつたが、窓ぎはに置かれた大形の机の上には、海鼠《なまこ》の角の瓶掛けに、ぐるぐる巻いた紙だの団扇だの、大きな筆だのがあり、その横には硯石だの筆筒だの、それからまた拓本が五、六冊も積みかさねられてあり、それに続いて佩文斎書譜の箱が置かれ、その上には玉の筆洗のやうなものがあつたりして、雑然としてゐる。しかしどれも

これも帯には短くたすきには長過ぎて、仲々適当なものが見付からない。

そこで津田は、この前京都からのお土産に持つてきた五条坂の宇野仁松の青磁の花瓶を持ち出して庭に出た。庭からは紫陽花の一枝を剪つてきて、それに挿した。

「これを先生やりませう。」

「うんよからう。」

「大体わたしがやりますが、最初鉛筆で輪郭をとつておいて、色を塗るんです。鉛筆のときに成る丈け丁寧に正確にやつておいた方があとが楽です。下書きがまちがつてゐると、肝腎の色を塗るとき形の訂正ばかりしてゐなければならないので、その方に気をとられ勝ちになつて、美しい色を出さうと苦心がおろそかになつて、色が濁つてしまふんです。まあ講釈はあとにして、とにかくやつてみませう。」

そんな程度のことを話しながら津田自らもかき、漱石先生もつづいて始められた。先生はかう云ふ時は、まことに素直で、決して我意を出されるやうなことはなかつた。津田は絵になる過程を只先生に見せるだけなのだから、気軽な気持でどん〳〵自分のだけは進行させた。そして画をかきながら、自分の信条をぽち〳〵述べた。

「デッサンの勉強といふものは眼を勉強させることなんですね。最初のうちは色にしても形にしても大ざつぱにしか物が見えない眼が、デッサンをやつてゐるうちに段々訓練されて、次第に見えなかつたものが見えるやうになるんですね。だから紙の上に塗りかさねる木炭は、いつまでも進行しなくたつていいんです。寧ろ捗らない方がいいんですね。処が初学者や素人になると紙の上の進行ばかしを気にするんで、眼の方は少しも進歩しないで、元の程度のところにあることに気がつかないで、紙の上で画が整ひ、でき上つてゆくことが勉強だといふ風に誤解するものだから、ほんとの進歩ではありませんね。」

「二十度ぐらゐの視力しかない者が、廿三度位の視力があるやうにうぬぼれて描くものですから、結局ゴマカシになるんですね。進歩を欲しなければ、むしろ視力相応に描いた画の方が真実性があるから、みよいです。」

そんなお喋りをしながら、二人は静かな書斎で画をかいてゐた。

時折、腕白らしい子供が縁側に現れ扉の入口から内を覗き込んで、

「いやあ、画を描いてらあ。僕もかきたいなあ。」

「なんだい、空気銃なんか振りまはしやがつて、むかうへ行つとれ。」

漱石先生がさう云はれると、子供は

「画の方が面白いや。津田さんの方が綺麗ぢやないかい。お父さんのはバカデカイなあ。」

「生意気云ふな。むかうへ行つとれ。」

そんな程度でその日は了つてしまつた。

津田は漱石先生が今までの画の経験がどの程度か、又先生が画についてどんな考へでゐられるのかも、くはしくは知らなかつた。寧ろ暗中模索で、機会あるごとに先生の意見を知りたがつてゐた。先生の画の経験は、これまで水彩画をいたづらされたり、また絵葉書をかいて友達と往復されたりしてゐたといふ話をきいてゐるだけで、津田にはその技術がどの程度かは少しも知らされてゐなかつた。

津田は元来少し頑固と云つてもいいぐらいの写実主義者になり切つてゐて、なんでも彼んでも自然ととり組んで、隅から隅まで徹底的に写さなければ駄目だ。そこに進歩があり、上達がある。もし自然を最初から馬鹿にしてかかつて、自分の頭をはたらかして面白がつてゐたら、金魚鉢に飛び込んだ蛙のやうなもので、ぐる〳〵その周囲をうろつくだけで、どうにもならない。自然にひざまづいて、自分はどこまでも自然の奴隷になつてゐることが、却つて未来への世界が段々ひろがつてゆく所以だと云ふ風に固く信じ、且つ守りつづけてきた彼であつた。だから彼は画道に対しては真剣でうはついた心は少しもなかつた。従つて漱石先生に対しても融通性がなく、自分の所信を正直に披瀝するだけだつた。

「君、この色は一体なにで出すんだ、」

「その壺は厄介な色ですね。ウルトラマリンを基調にして——多少のホワイトとオークルジョンをまぜて——この宇野は青磁のイミテーションをこさへることが上手な奴なんで、それをアメリカや欧羅巴へ輸出してゐるですよ。こいつはそのハネなんですよ。どこか不出来なところがあるんでせう。」

「陰の色は君、どうするんだい、」

「そりや、先生の陰は暗すぎますよ。陰に黒なんかあんまり使ふと、きたならしくなりますよ。大体陰といふと陰全体を暗く塗つてしまはれますが、陰のなかにも相当明るいところがあります。明と暗との境が一番暗いのですが、他は反射があつて割合に明るいんです。——ああ、さう先生のやうに矢鱈に塗つてしまふと訂正ばかりすることになつて、画面が汚くなりますよ。」

「君、このブラシはいやに硬いね。まるでササラだね。」

「そりや、豚毛ですよ。かた過ぎますよ。こちらの方のリスがいいでせう。」

「君は青い壺が好きだね。」

「いや特に好きといふこともないんですが、浅井忠先生が宇野仁松を贔屓にしていらつして、青い壺がお好きだつたんですよ。」

「形が西洋臭いね。」

「色も少し西洋人向きで、ほんとの支那の青磁のやうな落付きと、品格のないところが物足りないですね。」

「ケトウは品格なんか問題にしないだらう。」

「京都のどこかのお寺——毘沙門堂だつたかにある鼓胴の花瓶はいい色をしてますね。」

「毘沙門堂かなんだか知らないが、あんな品格が西洋画では出るかね。」

「さあ出んこともないでせうが、西洋人はああいふ品格を絵画には求めてゐないんぢやないですか。一体陶器でも彫刻でも、ちやんとできあがつた芸術品を又絵にして、芸術化すると云ふことは六つかしいことで、謂はば余計なことぢやないんですか。同じ陶器を描くにしても、できそこねとか貿易物のハネとか、貧乏徳利のやうなものをかいて芸術化する処に、画家の意義が発生するんでないでせうか。先生にこんな事云つちや笑はれるかも知れませんが。」

「えらい処で貧乏徳利を逆襲してきたな。西洋画かきが日本画をかいたらどうだ、」

「こんど中央美術社でそんな企てをやるんで、私も出品してみやうかと思つてます。」

「君は現代日本画家は誰がいいと思ふ。」

「大観も栖鳳も駄目ですね。技巧ばかりが達者になつて真実がぬけ殻になつてゐるぢやありませんか。一切を御破算にして自然に還れといひたくなりますね。技巧はなくてもインスピレーションを強調してゐるのは子供の画ですね。子供の画にはなにかしらんが、大人や専門の画家が教へられますね。」

「日本画家は技巧ばかしで綺麗に仕上げることばかり勉強して自然を研究することを忘れてゐるから、干菓子や石版摺のやうな画ばかしができあがるんです。」

「西洋画家の新日本画が発表されたら、日本画家もちつたあ刺戟されて改良されるだらう。」

「私も大いにやらうと思つてます。」

へんちくりんな画

津田が自分の仕事の段落のついた或る日行つてみると、先生は独りでかかれた二、三枚の油絵を出し、抛げるやうな口吻で「駄目だよ、油絵なんて七面倒臭いもの、俺は日本画の方が面白いよ。」さう云つて、半紙ぐらいの厚ぽつたい紙に塗りたくつた妙な画を出して見せられた。

南画とも水彩画ともつかない画だ。柳の並木の下に白い鬚を生やした爺さんが、柳の幹にもたれて休息してゐる。そのまへに一匹の馬がゐる。先づ馬と仮説するだけなんだが、四ツ足動物で豚でもなければ山羊でもなく、先づ馬に近い——その馬が前脚を一つ折つて、これから草の上で休まうとするやうにも、又これから立ちあがらうとするやうにも見える（口絵参照）。馬といひ、人といひ、まるで小学校の生徒の画のやうだ。柳は無風状態で重々しくたれ下つてゐる。全体が濁つた緑でぬりつぶされてゐる。柳の下にはフンドシを干したやうに一条の川が流れてゐる。その川と柳の幹だけが白くひかつて、あとは濁つた緑。下手な子供くさい画と云つても片付けられる。又鈍重な中に、不可思議な空気が発散する詩人の夢の表現と、云つてもみられる。先生はリヤルよりもアイデアルを表現したのだ。「幻影《まぼろし》の盾」「夢十夜」、あんな作を絵筆で出さうとしてゐられる。

漱石先生が「どうだ、見てくれ」と云つて出された二、三の日本画は、まことにへんちくりんなもので、津田は挨拶の代りに大きな口をあいて、

「ワハヽヽヽヽ」

先づ笑つた。

先生も自分で、クス〳〵笑はれた。

その一枚は古ぼけた麦藁帽子をかぶつた老人――顎に白い髯を一尺ばかり生やして――支那服ともアッパッパとも云へない妙ちくりんなものを着て、樹下石上に跪座してゐる聖人とも思へる。養老院に収容されてゐる爺々が、ひもじくつて、もうこれからさきは歩けぬと云つて、石上に吐息をついてゐるところのやうにも思はれる。

次には真黒な猫が眼丈け白くぎろつかせて、木賊の中に変なかつこうをしてうづくまつてゐる(口絵参照)。眼があるから猫と云ふんだが、青木ケ原あたりにゴロ〳〵してゐる熔岩の塊だといつてもいい。次は柿の木に鴉が二羽休息してゐる。柿が熟れて赤くトマト色をしたのが二つ三つ、

バックは一面の竹藪（口絵参照）。

どれもこれも鴉にしても拙なるもので、挨拶のしやうがなかつた。

津田はどういふものかその時、石濤の玻璃版で見た長髯の老人が頭の中をかすめた。この老人は靄の立ち上る巌石とも山とも判定し難いなかに、一本の杖をついて立つてゐる。裳裾がぼやけてゐるので、立ちこめる靄の精のやうにも見える。この人物も雅にして拙と云つても差しつかへない。或は意ありて筆至らずとでも云へる。

「石濤にもこんな老人がありましたね。」

と云ひかけて見たが、先生はなにも答へなかつた。

石濤はまだ知られてゐなかつたかも知れない。

すべてが薄ぎたなく、法も秩序もなく、滅多やたらに塗りまくつてある。画家の仕事をしたあとの筆洗をぶちまけたやうな、分析の出来ない色が入り乱れてゐる。

津田はそこで妙なことを考へ当てた。画家の頭にしまひこまれてゐる自然界の形象は、決して写真のやうな正確さではしまひこまれてゐない。馬の脚が四本あることは知つてゐる。しかし四本の脚で馬があるく時は、四本がどんな順序で歩くかは、紙を展べて筆を持つてみたとき、意識の表面に浮び上つてくる。牛や馬の眼が顔の線に沿つてついてゐるのか、それとも顔の線と直角に位置してゐるかは、明確な答案を紙の上に現はすことができない。子供のかく人物は胴体から二本手が生え、同じく胴体から二本の足が生えてゐる。子供の頭のなかはその通りに映像されてゐるかも知れないが、大人にしても変りはない。大人は知識によつて肩胛骨が脊髄につながつてゐることを知つてゐる丈けなのだ。大人は狡いから、いつのまにか感覚を知識にすりかへてゐる。

だから大人のかく画は正確であればあるほど生きてこないし、子供の画はウソをかいてゐながら生きてゐる。漱石先生は、子供の態度でこの画をやられた云ふよりも、先生には子供らしい正直さが画に現はれるのだ。この画を見るものは一応大口を開ひて笑つて見せるが、笑ひの中に真剣になり得る問題があつた。

「先生は僕の画をチヂムサイ〳〵て云はれますが、先生の画だつて随分汚ならしいですよ。第一から塗りたくつちや色が濁つて、何がなんだかわからないじやありませんか、」

「うん、気に入らないから、無暗と塗りたくるんで——下塗の絵の具がまざつてくるんだよ。」

「この紙は礬砂が引いてあるでせう、」

「なんだか知らないが、こんなのがあつたから使つたんだ。」

「裏打をした礬砂引なんて、いけませんよ。晩翠軒で本式の紙を買つてきて——水彩画のお化けでない南画をやつて御覧になつてはどうです。」

漱石先生の日本画

今日少し早目に早稲田に出かけて約束の画を持つて行き、先生の日本画を見る。

この間鶴巻町の道具屋で見た画は妙に調子の高いもので、落款もなにもなく支那人とも日本人の画とも判然しないが多分支那らしい。余程いいもののやうな気がした。欲しくつてたまらぬから買はうとしたが懐中無一物、価は六円。一ヶ月の家賃に匹敵する。いろ〳〵頭をシボリ出した結果細君の帯を質屋に入れることにして、資金を作る。質屋は恰度鶴巻町の道具屋の筋向ひにあつた。

その足で画をさげて漱石山房に行つた。寺田さんと、東洋城氏が来てゐた。

寺田さんは見たところ冷たい人で画の話なんかできさうにない人のやうに見られる。物理学者で大学の先生とかいふのだ。先生の手紙にあつた寺田さんは、ヒユザン会のT君の画を買つた人なんだ。東洋城氏はこの前一度会つた。鼻筋の通つたりつぱな男で貴公子然とすまし込んでゐる。

松山中学のころの先生の俳句のお弟子のやうな話だつた。寺田さんも東洋城氏も背丈がすらりと高くつて落ち付いてゐるところは相通じてゐる。然し学者と雲上人（三重吉君がよく東洋城氏のことをひやかし半分に、松根は雲上人だからそげいな下司張つたものは召し上らぬだらうから、俺が喰ふけんと言つて、横あひからうまいものをつまみあげたりした）は自然と内容に於て相異するものがある。

人の話によると松根はある宮家の事務官をしてゐるので、宿直の時その宮家の大妃殿下が御退屈だと夜長のつれづれに松根をお側近く召されて、俳句の講釈をおききになるさうだ。だから松根は上品ぶつてゐるんだよ。寺田さんはちつとも笑はない。先生が面白がつて笑つてゐるときも、この人は口のあたりをすこしばかり動かす丈けで感情があるのか、ないのか分らない。この人が亡き愛妻への思慕を披瀝した「どんぐり」といふ短文は、肺病の妻に対するやさしい思ひやりが綿々とあふれてゐる。首つりの力学と「どんぐり」が同じ脳のなかに同居してゐるとは思はれぬ。

寺田さんと先生の会話。

「先生はヒユザン会を御覧になりましたか。」

「うん見た。あれは面白いね。君の買つたT君の画は津田君どうなんだ。」

と先生は僕の方へ質問された。僕はただ、

東洋城宮内
省式部官

「面白いです。T君はハシリが目ざといですね。」

僕はハシリに感染することを警戒しつつ、平坦で面白くもない道を努力して歩んできた。

面白い画を座右に掲げて鑑賞しようと言ふ人は勝手だ。僕はまだ面白くならないんだ。僕の人生はまだ、面白いどころぢやない、まるで反対だ、不愉快だ、憂欝だ、苦悶だ。

先生はいつか妙なことを言つたことがあつた。俺は不愉快だから画を描いて楽しむんだと。小説を書いて人生の醜悪と取組んでゐると、面白くも愉快でもないんだらう。締め切つた部屋の中に炭酸瓦斯がこもつて呼吸苦しくなるのだらう。それで窓を開けて綺麗な空気を吸ひたい、と言はれるのだらう。先生の画をかかれることは、窓を開けていい空気を入れたいと言ふことなんだ。

いつか僕も妙なことを妻に言つた。僕が貧乏であえぎ〳〵その日〳〵を生きのびようと、もがき苦しんでゐるのに、のん気にお琴を横たへてころりんしやんなんて悠長なことをやつてゐるんだ。

僕は言つてやつた。

「こんなに俺が苦しんでゐるのに、そんなお琴なんかひいて何になる、」

すると、彼女は、

「私は、一人ぼつちでさびしいから、お琴でもひいてゐなければやりきれません。」

と言つた。自分のさびしさはそれで解放されるかも知れないが、俺の苦悶はころりんしやんぐらいでは解決するかい、と肚のうちに、ぶつくさわめいてゐた。

先生も畢竟人生が寂しいから画をかいて忘れようとするんだし、僕の妻もさびしいからお琴でごまかさうとするのだ。要するにこの傾向は同一の範疇に属するんだ。僕にはそんな余裕がない。先生にしろ、妻にしろ焦点を別のところに集中されて、一時的に苦悶から逃避する方法なんだ。釣でも将棋でも野球でもなんでも逃避できる。芸術や音楽に限ることでない。

寺田さんが僕に、

「高村君は彫刻家なんですね、」

「さうですよ。あの人は詩歌の方でも立派な才能のある人なんですね。」

先生が又寺田さんに、

「寺田君、萬鉄五郎といふ人の画は君どうだ。」

ときかれる。

「いくら私でも、ありや少々グロテスクで困ります。」

「でも大胆なものだね。俺は与里位のところだ。」

今日古道具屋で買つた画を先生に見せる。余りほめられたから先生へ譲ることにした。僕はその金で、写生材料の壺でもさがす。

先生最近の日本画を壁にぶらさげて披露される。そして僕に助言を求められる。図柄は山水に発展した。描写の方法は線がいく分基調となつてきたこと。色の塗り方は未だ水彩画的手法がぬけきらぬこと。余り念が入り過ぎてゐるので、空白的のところが少ない。

以上のやうなことを率直に助言す。最近人から贈られたといふ、明月上人の軸が後の襖にぶらさげられてあつた。静かな、おとなしい字であつた。

良寛といふのも下つてゐた。良寛の方がリズミカルで面白いと思つた。博物館に良寛の墨蹟がだいぶ出陳されてゐるやうだから、一緒に見に行かうと言はれる、約束する。

百鬼園のビール代

日記抄　一

例の如く木曜会にて午後漱石山房にゆく。既に常連の顔四、五居並ぶ。自分は末席にて人々の話をきく。

漱石先生今日は不機嫌の如く又上機嫌でもある如く、しきりに何事か論じて居られる。

「そんなことは馬鹿げたこつた。」

「触れろ〱つてさわいでばかりゐるんだ。」

「まるで彼等が歩んでゐる道を、人にもあるかせなければ承知できないやうに、鉦太鼓でさわぎ廻るんだ。」

「どの道を歩かうと勝手だ、道は縦横無尽にあるんだ。」

「額に八の字をよせて深刻な顔をして人生だ〱、触れろ〱て、まるで火事が何処だか分りもしないのに、無暗に半鐘を叩いてゐるやうだ。人生だ〳〵つて言つたつて何が人生なんだ、火元も見きはめないで、半鐘ばかり鳴らしてゐるんだよ。」

先生はいつもより少し言葉が荒々しく、多分いつものやうに自然主義作家に対する反発だと解した。

森とした空気で誰も何も言ひ出さなかつた。自分は文壇のことは何も分らなかつた。

画のことに移つた。

「不折は馬鹿だよ」と言はれた。頭が単純で己惚れの強い男だとも言はれた。左千夫は近頃頻りに茶釜を集めてゐる。茶釜は一体どこが面白いんだらうと疑問を提出された。東洋城氏が、アウトラインの微妙な線とかねの肌のでき工合にあるんでせうと説明した。

日記抄　二

森田草平氏と先生の間で、頻りに会話が取りかはされてゐた。森田氏がドストエフスキーといふ言葉を乱発された。漱石先生の方はサボテン趣味だの花魁られい式だのと言ふ、変な言葉を発してニヤ〳〵笑つてゐられた。

僕もなにか書いて先生に見てもらはふと思ふが、かう貧乏で、くる日も〳〵稼ぎ仕事で追ひまくられてゐては、芸術も文学もあつたものでない。
芸術家はいつでも心の自由が必要だ。俺は自由をもとめて飛び出したのに、自由は眼の前に見えていても、どん〳〵さきへ駈けてゆく。俺もどん〳〵駈け出してゐるんだが、どうしても追ひつけない。俺の意志力がどんなものなのか悪魔の野郎が俺をからかつてゐるのかな。よし俺はその悪魔を追ひ払ふまで闘つてやる。

駄馬よお前は　　首をうなだれて
わき目もふらずに　　歩いてばかりゐる
お前の目の前に　　ぶらさがつた古草鞋
お前の前脚が　　一歩踏み出せば
目の下の古草鞋は　　一歩さきへ進む
お前が又一歩踏み出して　　古草鞋に追ひつかうとすると
又草鞋はさきにすすむ　　お前が駈け出しや
わらぢもかけ出す　　あけても暮れても
時間の連続するかぎり　　脛をけづられ

肉をはがれて　　歩き続ける
最後は痩馬となつて　　屠殺場へひかれるだけだ
自由なんざ　お前達には　　与へてないよ
悪魔のささやき　　駄馬よ　よくききなさい

日記抄　三

内田君が一緒に漱石山房に行かうと誘ひにくる。一緒にゆく。

内田君はにくらしい男だ。彼は機関学校か士官学校か知らないが、そこの勤務から帰つて電車が江戸川終点につくと、俥夫が梶棒を内田君の前にもつてくる。内田君は顎で俥夫に一目をくれて、悠々と乗る。そして老松町の家に帰る。そして細君に、

「おいビールはあるか、喉が渇いた。」

といふ。細君が無いといふと、

「ぢやこれを持つていつて津田さんとこで借りてこい。」

と言つて、名刺に何か書いて渡す、その名刺を持つた細君が黄色い声を遠慮勝ちにして、お勝手口の方へ現はれると、内細の君が、僕の机の傍へやつてきて、心細さうに、

「又内田さんの奥さんがいらして一円廿銭貸してくれつて、どうしませう。」

「俺だつて銭はないよ。瑯玕洞から少し貰つたが、殆んど磯谷に払つてしまつたから、内田君に一円廿銭貸すと、あと一円七拾銭しきやないよ。」

「それぢや、一円でいいぢやありませんか。さう言つて一円丈けにしませう。」

内田君はにくらしい男だ。人力車に乗つたり麦酒を飲んだりするのは個人に与へられたる自由の権利だから、俺は文句を彼に言ふ筋は毛頭ないが、俺は電車賃を倹約して、昨日も大曲の花屋まで往復とも歩いて行つたんだ。内田君は月給をもらつてゐるが俺は定収入なんかありやしない。一度不意の収入があると、そいつを二カ月でも三カ月でも倹約して喰ひのばすことばかし考へてゐるんだ。だから、俺の方がウンと貧乏人だよ、内田君はお大名だよ。お大名が貧乏人に金を借りるなんて可哀さうだよ。内田君が漱石先生に、

「江戸川亭に小さんがかかつてますからいらつしやいませんか、」

と誘ひ出す。

三人で江戸川亭へ小さんをききにゆく。僕は小さんの味はよくわからなかつた。むらくといふのは好きだつた。自分は糞真面目な顔をして、客だけをゲラ〳〵笑はせる。内田君の座談はその式だ。自分は真面目に茶飯事をしやべつてゐる気らしいが、人間の肚の底のことを持ち出して言

ふから、皮肉が滑稽に転化する。
僕は内田式落語が好きだ。

日記抄　四

柳敬助君来たり、共に上野へ文展を見に行く。
会場内で漱石先生に会ひ、つれ立つて洋画を見て歩き短評をしながらぶらぶら見る。先生は未醒の「豆の秋」を褒められる。不満ながら、先生を説得する程の自信もないので、渋々賛成しておく。

未醒の画は東洋式なんだ、そこが先生の気に入るところなんだらう。僕も東洋式は嫌ひぢやない。しかし日本人が西洋画を勉強するのは、元来欧羅巴の文明を日本に輸入するのが目的なんだ。裸体もろくすつぽ描けないで情趣、詩趣とかをねらつて、今からデホルメや、デコレートをねらつてゐるやうでは、いつまでもひねくりまはしてゐても、西洋に近づくことはできないぢやないか。ありや日本絵の具で描くべきものだよ。その方が効果的だ。

だが日本画だつて、出直さなければ駄目なんだ。昔の人間の糟粕から一歩を出てゐないよ。小手先の技巧だけが微細になつたと言ふ以外に、現代画家の誇り得るものは何もない。だから昔の人の技術なんか一度御破算にして出直さなけりゃ駄目なんだ。その為には洋画家のやうに自然界を見る訓練から始める可きだ。

雪舟が言つたやうに「自然を師とする」といふのは、我々にいい教訓だ。そいつはいつでも生きてゐるよ。どんな時代でもそれでいくんだよ。

僕は現実主義者で写実主義者で当分押し通すんだ。勉強はその他にないね。人生や自然を甘く見て溺れてしまふのは日本人の悪い癖だよ。

漱石先生と別れて、柳君と田端の森田亀之輔君を訪問す。もりを二杯宛御馳走になる。三人で浅草へ出かけ、活動写真を見る。満員で立ちん坊。夕暮れ近く家に帰る。

妻「私も今帰つたばかり」と言ふ。婦人の友社へ出掛けて。

来信、青踏社、瑯玕洞、一草亭。

日記抄　五

朝八時半　漱石先生と約束あり。江戸川終点にて落ち合ひ、上野美術館へ文展を見に行く。

会場にて深田康算博士に邂逅さる。三人で一緒に見て廻る。精養軒にて食事。後京橋に出て読売新聞社のヒユザン会を見、日比谷公園にゆき公園のベンチに腰を下ろして先生と深田博士とは頻りに話される。自分はぼんやり公園の景色や空模様を見て時を消す。
夜有楽座、近代劇協会のヘッタカブラを見物。

日記抄　六

目白から市外電車で巴里で同宿してゐたS君を訪問。新築のアトリエ、美しい新妻、柔かなフエルトでこさへた手製のスリッパをアトリエの入口でそろへてくれる。装飾的な籠のなかで九官鳥が、突然おはやう、おはやうと鳴く。ホーホケキョ、モッシュモッシュ続けてゐる。

次ぎに大森のM氏を訪ふ。女中が敷台に揃へてくれたスリッパをつつかけて、廊下を二、三度折れ曲つて書斎に案内される。金文字の洋書が美しい書棚にギッシリつまつてゐる。M氏は半身が埋るやうなナマケ者椅子にかけて、絶えず微笑しながら巴里の思ひ出を語る。

眼を窓の外に放つと品川湾の水面が霞んでみえる。南に傾斜した庭はビロードのやうな芝生。池に水蓮の花が真白く浮き上つてゐる。凡ては夢のやうだ。僕の長屋生活は真暗な地下生活だ。王侯と乞食だ。頭の構造にはたいして差異はない。

日記抄　七

朝から百合子は泣いてばかりゐる。物を言ふと離婚をせまる。面倒だから二階に上つて寝てしまふ。気になつて、絵筆を持つ気にもならず、ペンも動かない。

夜漱石山房へ行く。臼川氏にも会ふ。文学談も芸術論も世間話もうはのそらで、只憂欝に陰気くさい顔をして、夜の胸突き坂を、とぼ〳〵帰る。

日記抄　八

朝早くから、七ツ道具を担いで雑司ヶ谷の方へ写生地を捜しに出る。気に入るところが見付からず、描かぬ前に疲れてしまふ。女子大の横の相馬君の下宿へよる。東明君がきてゐた。土曜劇場の切符をくれる。午後、未明、人見、相馬、本間君等と打連れて有楽座に行く。臼川君に会ふ。

夜、ついでに女優の歌劇を見る。

日記抄　九

漱石山房にゆく。例の顔ぶれ四、五人、小宮、安倍、東洋城、三重吉、草平君。

いづれを見ても上品な文学士様、僕らのやうな無学な貧困者はゐない。どの顔を見ても親の脛で、大学を出た文学士ばかりだ。鶴の鳥屋へ小豚が一匹まぎれこんできたやう。大学の講壇を圧縮した形。

「先生は鰹節屋のお内儀さんが好きなんだで、さうぢやらうが、小宮。」

三重君は先生に他人が言ひ出し得ないやうなことを、なんでもいふ。

先生は只にや〳〵してゐられる丈け。

「洗ひ髪のお妻て言ふ趣味かな。」

三重君一人が面白さうにはしやぐので、話が余り発展しない。

内田君が真面目な顔で、

「鈴木さんの手紙が泥棒のお尻ふきになつたといふ話は、ありや一体どんなことなんです。」

先生は人さし指を鼻の頭にあてがつて、へんな笑ひ方をされた。

小宮氏が、

「三重吉が夜中かかつて、真情こめた手紙を先生に書いて送つたのさ。先生は一、二尺ぐらゐ読んで机の上へ抛げ出しておかれたんだ。それが泥棒のお尻ふきになつたんだよ。それ丈けぢや只三重吉に気の毒といふだけで、何の趣味もないが、その翌朝植木屋が庭掃除をしてゐると、草の間に白いものがヒラ〳〵風になびいてゐるから、なんの気なしに拾ひあげようとすると、いやに長い手紙なのさ、右の方をたぐりつつその方へ行つてみると、先生の書斎の窓から出て、その先が机の上にのつかつてゐたんだ。今度は反対の方をたぐりつつ又行つてみると、泥棒のウンコの上にもみくちやになつて、チョコンとのつかつてゐたと言ふのだ。」

「ほんとですかねエ。」

と内田君が言ふ。

「ほんとだよ。」

三重吉君が、

「泥棒も憎めないよ。只の紙屑でお尻をふくより余程情趣があるよ。その泥棒は詩人だよ。小宮そうぢやらう。小宮や俺が泥棒だつたら先生の反古でお尻をふくかも知れんぞや。その気持ちは解るだらう、のう、小宮……」

内田君が話の結末をつける気らしく、

「その泥棒は早稲田の田圃からやつてきたものでせう。」

日記抄　十

野上君の知人で大森辺の某氏宅へ蔵品の書画を見物に先生のお供で行く。

常信、安信、探信、応挙、抱一、呉春、文晁、景文、介石、愛石、高芙蓉、竹洞、洞崖等々、書では、隠元、木庵、海屋、淇園等々、漱石先生は高芙蓉が気に入つたやう。いや、自分が気に入つて先生に同意を求めると、先生も賛成される。概して中位のものが多く、中には退屈なものもあり、食べたくない御馳走もあつた。

この人はお金持ちだが書画を楽しんでゐる人でない。その蒐集の仕方に個性的な処がない。又好厭がない。見本市のやうになんでもある。狩野派、円山派、南画、文人、光琳派と言つた工合に、初学者が流派の概念を素通りするには重宝である。

先生と五十幅ほどの書画を拝見して、しまひぐちはだいぶ退屈した。先生もだいぶ迷惑らしく感ぜられた。そこを辞して往来に出た時は思はず天を仰いで深呼吸をした。

「先生疲れましたね。」

「うん僕も疲れた。」

「少し多過ぎますね。」

「うん……」

「高芙蓉が一番ですね。」

「高芙蓉はいいね。矢張り、丹念にやつたものはいいね。」

「介石もいいぢやありませんか。」

「だいぶ調子が下るね。介石よりは君から買つた無名子の山水の方が、はるかに気品が高いよ。」

「さうですかね。あいつは高芙蓉や介石なんかの積みあげ式とは、多少やり方が異つてゐますからね。」

「さうだ、雲煙かなんだか漂茫としてゐるところがいいね。」

「あの漂茫が仲々むつかしいですよ……積みあげ式の方が楽ですよ。」

「先づ俺は高芙蓉から始めよう、どこかで茶でも飲もう。」

「先生画を見ることは仲々疲れるものですね。」

「うん、しまいにはもう厭になつたよ。」

「あんなにいろんな画風をあつめて、実際——主人公は悉く解つてゐるんでせうか。」

「なあに解りやしないよ。」

「解りもしないものをもつてゐて、楽しみなんでせうか。」

「さうぢやないんだらう！　財産のつもりで持つてゐるんだらう。」

「味噌も糞も一緒くたにあつめるのは、おしいやうなものですね。」

「金持ちはそんなものだよ。」

「骨董屋の店を見ても大体店に並んでゐるもので親爺の趣味の程度が解りますが、あれぢや主人公の趣味が那辺にあるのか全然理解されませんね。」

先生は鼻のあたまをつまみ乍らニヤ〳〵笑つてゐられた。

日記抄　十一

小川未明君来り麻布の方へ壺を買ひに行くから一緒に行かうと誘ふ。予定の仕事ありことわる。

宮田省吾君が来り千代子さんがくる。省吾君は早稲田の哲学科を今年で卒業だといふ男、毎日のやうにくる。屢々こられると狭い家では仕事の妨げになつて困る。二階に上つてこなくつて、下で妻と話してゐるだけでも、その方へ心がひかれて仕事がはかばかしく進行しない。不愉快になり憂欝になり、いら〳〵する。心の状態が平静を失つて頭が変になる。それが繰り返されると、脳天の中心に錐をさしてもみ込むやうな疼痛が起る。かういふ時はいくら意志の自覚を喚起し鞭韃しても駄目なんだ。

午後から長沼美代子さんがくる。一緒に鬼子母神の方へ写生に出る。美代子さんは女子大の寄宿舎にゐる。学校を卒業したのやら、しないのやら知らない。ふだんに銘仙の派手な模様の着物をぞろりと着てゐる。その裾は下駄をはいた白い足に蓋ひかぶさるやうだ。それだけでも女子大の生徒と伍してゐれば異様に見られるのに、着物の裾からいつも真赤な長襦袢を一、二寸もちらつかせてゐるから、道を歩いてゐると人が振り返つて必ず見てゆく。しかもそろり〱とお能がかりのやうに歩かれるのだから、たまらない。美代子さんの話ぶりは物静かで多くを言はない。時々因習に拘泥する人々を呪うやうに嘲笑する。自分は只驚く。彼女は真綿の中に爆弾をつつんで、ふところにしのばせてゐるんぢやないか。

彼女は言つた。世の中の習慣なんて、どうせ人間のこさへたものでせう。それにしばられて一生涯自分の心を偽つて暮すのはつまらないことですわ。わたしの一生はわたしがきめればいいんですもの、たつた一度きりしかない生涯ですもの。

妻の方は松明《たいまつ》をふりかざして大道を叫び歩いてゐるやうな女だ。明るいことは明るい。機嫌のいいとき彼女の話を聞いてゐれば、朝から晩までも退屈《アンニュイ》を感ずることはない。彼女は明朗濶達で男性も女性も見境ひなく胸襟を開放して談ずる。彼女は癖のある人間の身ぶり手ぶりを真似して人に見せることが上手である。彼女の腹は硝子張りにできてゐる。

鬼子母神境内、池袋、雑司ケ谷と歩きまわつたが、画架を据える場所を一度も発見できず、むなしく帰る。

漱石山房へ行く。誰も来て居らず、先生ただ一人、やがて来客二人、一人は長谷川時雨女史一人は尾上菊五郎也。自分は横の方へ座を転じ、先生の書斎の窓ぎはの机の上から欧陽詢の皇甫府君碑といふ拓本をもち出して見てゐることにした。

私の後の隅には二枚折屏風が置かれてゐる。屢々後を向いてそれを見た。六朝風の大字の拓本が張り込まれて、優雅な文句が綴られてあつた。『別在天地之他』といふのだ。先生の好かれさうな文句だ。

菊五郎が甲高い早口で喋つてゐる。自分のことをあつしやと言つてゐる。魚河岸の兄哥の言葉に似てゐるので充分ききとれない。

時雨女史は地味な縞物をきて、なんとなく山手の奥さんとは異つたところがあつた。それなのに眼鏡をかけてゐられたのが少しおかしい。余り白粉気がないので一寸産婆さんのやうな印象をうけた。

「狂言座のみなさんも追々新しいものを上演して、多少でも劇壇刷新にお役に立つやうにと皆さんで張り切つてゐられますの。」

「先生に是非顧問になつて頂いて、尚おできになりましたら、脚本もお書きを願ひたいもので……」

先生は旧劇は嘘が多くつて馬鹿々々しいことが多いなんて否定された。歌舞伎否定説を聞き乍ら自分は肚の中で疑問を提出してみた。歌舞伎の舞台面は美しくつてまるで画のやうだ。義理人情のしがらみなんか馬鹿々々しいことばかりだが、あれを写実的に改良したら、美しい錦絵は石版摺のみすぼらしい三文絵に墜落してしまふんぢやないか。歌舞伎は錦絵として保存させておくべきでないのか。

法帖を見乍ら私の頭の中では、真黒な墨摺の帖の上に、華かな色摺を合はせて、私の思索が法帖と錦絵の上を往来し又断続してゐた。

日記抄　十二

朝から三、四人の人がきた。そのたんびに時間が空費される。来てくれなければ仕事が与へられない。仕事が与へられなければ生活が出来ない。生活出きなければ餓死する。でなければ他人にすがる。すがる為には頭を下げる。下げてもすがらしてくれなければ、すがらせてくれるまで頭を下げてまはる。乞食生活者。こんな人間が芸術を創造できるか疑問だ。

漱石山房に集まる人は皆楽々と食つてゐられる人間のやうだ。往来を歩いてゐる人々を見ると、まるきり食物は天からでも降つてきてゐるやうな顔つきで歩いてゐる。俺だけがどけものででもあるやうに見える。何故だ。俺だけが美術とか芸術とか言ふ変な魔性にとりつかれてゐるからなんだ。その魔性を追ひ出すことなんだ。それを追ひ出してしまへば俺の家庭も地底の暗がりから這ひ上れて、お天道様の清々しい光を朝々に浴びられる。草は青々として俺を迎へてくれるし、香気ある花は俺の嗅覚を嬉ばしてくれる。芸術なんて一体人間社会や人類になにをもたらすのだ。何故俺はそんなものに執拗に噛りついてゐるのだ。どんな仕事だつて人間社会に貢献しないものは何一つないだらう。哲学者や宗教家だけが永遠に人間社会の医者のやうに思はれてゐるが、坊主だつて哲学者だつて動物的な生理作用をもつてゐる以上、生きる為に喰ふだらう。食ふ為には宗教も哲学も捨ててしまふことがあるだらう。捨てられなければ俺と同じく乞食生活に思ひ至るだらう。そんなのにみんな悠然と構へて説教したり深遠なる思索をめぐらしたりしてゐる。不可思議な世の中だ。世の中の人間が凡て哲学を要求し、世の中の人間が凡て宗教を要求し、世の中の人間が凡て芸術を要求すればいいんぢやないか。それならば俺のやうな未熟な未完成の画家でも、何とかなるんだらう。芸術品を愛好する方にも、ピンからキリまで各種各様の段階がある。

ところが、そんなことは夢のやうな話だ。全部の人間が画が好きになる社会なんか、空想であり理想であり希望であつて夢物語りに過ぎない。まさかのときに芸術品を国民の一人々々から徴発して、山のやうに積みあげてみたところが、それが武器や弾薬に化けるのでもなければ、茄子やかぼちやの肥料にもならないからだ。

漱石先生はいつか軍人をののしつて、あんなものは国家の番犬だと言はれた。しかし番犬がゐなくなつちや泥棒にねらはれた時に困るぢやないか。強盗や空巣やゆすりやかたりや、いろんなものがあの手この手と眼を光らせて四方八方から隙を覗つてゐる世の中だもの、番犬をかふのをやめてそいつらに喰はせる喰ひものを芸術家や哲学者や宗教家に分配してくれれば、俺達は枕を高くして、明けても暮れても芸術の三昧境に入りびたることが出きる。そしたら干からびた不折の聖人や干菓子のやうな日本画を皆が振り向かなくなつて、タブローに接吻でもしたくなるやうな画がどん〱生産されることだらう。しかし泥棒や強盗はもつと悧巧だから、番犬がゐなくなつたとなれば早速やつてくるだらう。泥棒に入られちや台なしだ。

番犬をやめることは痛快事だが、ついでにお隣の番犬もお向ひの番犬もそれぞれやめるといふことを考へてくれなければ駄目だ。世の中の——世界全体が番犬をやめることがどうしてできないのか、考へる丈けでもいいから漱石先生が考へてくれるといい。

途中そんなことを思ひつづけつつ東京日日新聞社に相島勘次郎氏を訪問する。

「僕が名刺を書いてあげるから行つてごらん。なんて言ふか知らないが雇つてはくれるよ。」

「画家なんて言ふものは一生勉強で、これで卒業と言ふことはないんですからね。」

「あんまり時間に縛られても、勉強する時間がなくなつて困ります。」

「安井曾太郎君はまだ巴里にゐるかね、」

「まだゐますよ。あの君は結構ですよ。何年でも家から金を送つてくるんですから。」

「画家なんていふものは貧乏人では完成しないですね。いくら勉強する意志が強くつても、又才能があつても貧乏人ぢや大成しませんよ、自分で稼がなければ追つつかないやうでは。」

「然しいつまでと言ふ期限がなくちや——」

「理解のある援助者が必要ですね。」

「……」

「画家といふと放縦な生活をする者が多いからね。あれば贅沢をして、いつまでもブラ〳〵して勉強せんのぢやないか、」

「さういふ人間もありますね。安井君なんか不思議な存在ですよ。あんな勉強する人間もめつたにありませんね。」

「……」

輪転機のガチ〳〵した小せわしい新聞社を辞して、相島氏の説に従ひ日本橋にある御園白粉宣伝部へ行く。旧式な店さきにて小僧に紹介の名刺を渡す。軈《やが》て奥まつた薄暗い座敷に通され、波多といふ番頭さんが応接に出る。一応簡単に履歴と希望を述べる。

「画家の方は仲々長つづきがしませんでな。」

「……」

「月給は最初卅円さしあげませう。いや……いつまでも卅円といふ訳でもないんですが、永くいらして下されば段々上げます。」

「勤務時間はどういう風でせう。私はまだ勉強中なので……画をかく時間がなるだけほしんですが。」

「仕事は宣伝部の方ですから割合自由ですが、しかしまあ余りだらしがなさ過ぎても困るので、大体十時頃から夕方まで居つてもらへばよろしいのです。只私の所を腰掛けのつもりでゐられると困るので……こちらの仕事を覚えて頂いたら、永く続いて勤めてもらうんでないと私の方は困るので……。」

最後の番頭の言葉を聞いて私の心は動揺し始めた。白粉の広告に一生を捧げるのは画家の自殺に等しい。意味がない。俺はあくまで自分の芸術を完成させたい。卅円の月給に釣られて一生を別の方向へ歩いてはいけない。この十字路で一歩を踏み出すのは俺に重大な責任がある。俺のつまさきの角度が多少右になるか左に向くかによつて、とんでもない所へ行つてしまふ。その時もう一度十字路へ戻らうたつて戻れない。

さう思ふとつまらぬ所へ態々紹介までしてもらつてきたことが悔いられてきた。

十字路に昔から住んでゐた一人の婆さんが居た。その婆さんはここまで辿りついてきた青年から屢々道を訊かれた。自分もこの婆さんに訊いてみた。

「小母さん、この道はどちらへ行けばよろしいです、」

「どちらでもおめえの虫の好く方へ行きんさい。」

「小母さん、儂はどつちも虫がすかないんだ。だから小母さんにきめて貰はうと思ふんだ。」

「おめえさんが歩く道を儂がきめてなんとしよう。どちらを撰ぶもお前さんの自由だよ。」

「では小母さん、この道は（右を指さして）楽かねエ、」

「その道は平坦《なだらか》で楽な道だ。女でも子供でも行ける道ぢや、」

「こつちは（左を指さして）辛い道かね。」

「その道は随分岩や石ころが多くつて疲れる道ぢや。若い者は石ころの多い道を行きたがる。でも道のはてまで行きつく者はゐないのぢや。」

「そんなに歩きにくい道かね……苦しくなつたら途中でひき返へして、こつちの道を行けばいいんだ。」

「この道を行つて疲れたものは、もう引きかへす気力を失つてしまふのぢや。向ふみずの馬鹿共が行く道ぢや。」

「まあお前さんもまだ若いで馬鹿道を行つてみなさい。途中で気力を失つて先きへ行けず、引きかへすこともできないでごろごろしてゐるものが幾人もゐるで。」

「儂も若いから馬鹿道を行かう。」

巴里からの消息

津田はその朝巴里で別れてきた安井からの手紙を受取つた。

荻原の死――君の入院――余りよい心持ちはしない。こちらでも日本雑貨商筧定吉が病気になつて病院に入つてゐる。定吉君この間大働きで、漸くモンパルナスの辺に店を開いたのだが、大分無理をしたと見えて今は病院の厄介だ。僕はまだ逢はないけれども大分熱が高いらしい。怖しい〳〵。

命あつての物種、うまいものを食ふて遊ぶべし〳〵。荻原が死んだのには驚いた。これからといふのにおしいことしたね。にくまれ子世にはばかる、とはよく言つたものだ。何も役にたたぬつまらぬやつばかり生きのこりよる。荻原は何で死んだのだらう。こつち（巴里）にゐた時は仲々死にさうにもない様子だつた。ずーと前に君と僕あてに手紙をよこして「近頃頭を悪くした」

と書いてをつたから、多分脳でもやられたのだらうと、大スミに言つたら、為さん曰く、脳ではなかく／＼死ぬものでないといふて、脳のつく病名を十程、例の調子で列挙して、得意なものであつた。斎藤与里から荻原に関して、このやうな文句のはがきがきた。

荻原君が死んだよ

荻原君が死んだ

流石文学者だけあつて、意味シンチョウ

南無阿弥陀仏／＼／＼

この間大スミ太夫が蛸を御馳走するから来いと言つたから金曜の夜テアトルへ出かけた。然し蛸はなかつた。今朝大スミは早くオアールに蛸を買ひ出しに行つたけれども、時候がどうとかで、なかつたさうだ。それで鯖めしをして呉れた。うまい／＼けなりいんだらう。菅原もきた、君が今度入院したと言つたら皆心配して居たから、早くよくなつて面白い話を言つて寄越し給へ。この晩大スミは『やどり木』の面白さうな所をとび／＼朗読しよつた。僕は例のナマケモノ椅子に、寄りかかつて聞いてゐた。面白かつた。

雨が降つてきてもうおそくなつたから、大スミの部屋へ寝台を持ち込んで横になつた。けれども、寝る前に大スミが薄茶をしてくれて、そこへ砂糖を入れて飲んだら、あまりうまかつたからモー一口のんだ（君がゐた時も三人でのみまはしをやつてたね。あついのに辛抱して成る丈沢山のんだ）それで一向眠られない。大スミも眠らないで色々のことを話しよつたから、ます〳〵目がさえてきて一時になつてもまだねられなかつた。然し二時は聞かなかつた。

翌朝は十一時頃まで寝床の中で二人して話してゐた。それから大スミは鯖を買ひに行きよつた。鯖ずしをしてくれよつた。仲々あきなくつて、うまかつた〳〵。食後、しばらくして二人でオオトイユの森を散歩した。人のゐない様な所を散歩した。君と一緒にいつか写生に行つて雨にあつた所も通つた。向ふは仲々よいね。人が余り通らずに静かで、五時頃に大スミと別れて僕は又そこへ戻つてきて一時間程へたつてゐた。君と一緒やつたらと思ふた。

縫い物をする乳母ありて牡丹かな
ぼうたんや何子爵の姫通りめす
戦の跡とも思はで草摘みぬ（城壁）
春の月や垣からのぞく花畑
草の香や城壁の谷に木ひく音
城壁を見めぐる草やぬるむ水

前の前の日曜に藤川やらハタやら皆と一緒にテアトルで牛鍋をやつた。それからハタ君は用の為に先へ帰つたが後の者はザンバリッドのお祭へ行つた。そして三十文のシネマを見た。然しその日はむし暑くて、お祭はほこりだらけで頭が痛くなつたから、シネマを見て早速引き上げた。藤川に別れて部屋へ帰つたら前の日藤川から貰つたリラがよい香りをしてゐたので、寝台の上に横になつたらよい気持であつた。

祭見た服ぬぐ夕やリラかおる
リラの香やミレの伝読む灯のくらさ

一昨日例の飯屋《めしや》へ昼飯に行つたら白滝さんが一人居つた。

「白滝さん来てゐるのか」

「おお、君に逢へたね。」

「いつきました、」

「二、三日前に。」

「どこにゐるの、スフローですか、」

「スフローにゐる。今スフローは大変だよ、日本人が十人余りゐるよ。ハタ君がまあ案内してくれるので僕は逃げて来たのだ。」

「さうですか。ここへ来しなにオランダやらを通つてきたの、」

「オランダとベルジックとを。オランダのアムステルダムといふ所はよい所だよ。よい画もあるし、景色も仲々よい。是非一度行き給へ、」

「そしてこれから、どこへ行くんですか。」

「これから伊太利へ行くつもり。」

「これから伊太利は暑いなあ。」

「暑いけど仕方がない。君もソウこんな所にぐずぐずしてゐずに早く日本へ帰り給へ。ここぢや落着いて画がかけない。」

「左様々々ここぢや画はかけまへん、日本人は矢張り日本で画をこしらへる方が便利ですね。」

「ロンドンの博覧会はどうでした、」

「どうもうるさくつてね。僕について来よう〳〵と人が皆するので、僕は開かれない内に日本の宝だけ見て来ましたが、他に余りたいしたものもない様です。」

「君、苺はなんといふのだつたね、」

「フレーズ。」

「ガルソン〱、フレーズ。」
ガルソン「バラムッシユ。」
白タキ「クリーム。」
ガルソン「コンマン。」
白タキ「クリーム。」
ガルソン「コンマン。」
白タキ「クリーム。」

　白滝君はクレームをクリーム〱と言つた。多分英語だらう。飯屋《めしや》を出て美術学校の通りの印刷屋に入つてエッチングを白滝さんは買つた。頼まれたものださうだが、つまらぬ奴が一枚百五十法《フラン》とか、驚いた。Hillen のミニアチュールがあるのださうだ。然し百五十法《フラン》は恐しい。そこを出て向ひのスタチュ屋へ入つた。そして二、三の価だけ聞いて出た。道々白滝さんが言つた。

「僕は美人の印刷物と彫刻と獅子の彫刻との買ひ方を頼まれてゐるので、どうもうるさい。」

　その人はナポレオンの像を持つてゐる。それで、それとは反対の美人のやつが一枚買ひたい。そして美人の彫刻とそれに正反対の猛獣の彫刻を買ひたいと言つて、白滝さんに頼んだのださうだ。世の中には金があると随分つまらぬことをする人があるなと思ふた。

二人はジュランルエールへ行つた。一年程来なかつたが一向変つてゐない。一枚も画はへつてない。これで見ると仲々売れんもんだな、と二人で言つた。

白滝さんはどれにも感心してゐた。

「いいなあ……」

僕は暗い廊下の様な所に沢山ピサロのパステルの様な水彩の様な小さな画があつて、それが大変気に入つた。ミレーだ〳〵ピサロは二十世紀のミレーだ。

そこを出てグランブルパールの銀行へ行つた。白滝さんが両替へをしたいからそこへ行つてくれと言ふから。然し四時を過ぎてゐた為におそくて駄目であつた。仕方がないから金は断念して、オペラの連れの切符を買ひに白滝が行くのについて行つた。それから角のカフェーに休んで六十文の小さいカフェを飲んでミレーの話をした。白滝さんもミレー好きだ。ロンドンでミレーのデッサン集を買つたと言つてゐた。どこやらで一枚のミレーを見る為に二日泊りで捜して、そのミレーが思つた程でもなかつたといふ話も聞いた。

カフェーからジョジプチィの十九世紀の画の展覧会を見に行つた。白滝さんは例の通りコグチから感心してゐた。

「はーこれはコローか、いいね。あの人は余程脱俗してゐたものと見えて、他のものとは、まるきり違つてゐる。これはドラクロアか。これ迄人が言つてゐる程には感心しなかつたが、今たしかに感心した。やつぱりえらい人だつたのだね。」

「ルーソー、いいね。この人の画が、しつかりしてゐる事にかけては一番だらう。この人の画の前に立つと厳格な人に面してゐる様だ。ああこれがドミエか、以前はこの人の画を一向知らなかつたけれど、ロンドンでこの人の印刷ものをみて、一度見たいと思うてゐた。矢張りうまいな。この兎はだれだ。マネーか、うまいものだね。この肖像はアングルか、しつかりしたものだ。これはミレーか、綺麗な色々の色をこて〳〵塗らなくつてもこれでもう充分アンプレションだ。自然だ。トロワイヨンの画はこれだけ見てゐると仲々よいが、はたのと一緒に陳べられると、はたよりは俗向の様に見える。メリニエ、仲々細かくうまくやつてあるけれどどうも好かない……」

終りにミレーのパステルの前に来た。

「ウン愈々来たね。アアうまいな。ああこれか、これの写真を見た。成る程いいね。ああこれはルーブルにあるプランタンと同じ図だね。これから取つたのだらう。」

曾「このパステルを見て僕もやつてみたうなりました。僕はパステルと言ふのはこんな高尚なものとは思はなかつた。」

「パステルはいいよ。僕は油絵なんか大きらひだ。パステルの花は立派なものだ。然しベナール
なんかのはつまらぬ広告画だ。」
on ferme までその前にへたり込んで画を見乍ら色々の話をした。
白「津田君にこいつを見せたいね。」
「左様々々。日本へ立つ時もミレーの展覧会が近々あると言つたら、見て行きたいなと言つてま
したからね。僕は此の前見た時早速はがきで知らしてやつて、けなりがらせてやりましたよ。ア
ハ、、、、、、」
白「君達は去年の夏田舎の方へ行つたさうだね。」
白滝さんはグレーにアメリカにゐた時の先生がゐるので、明日グレーにいとま乞ひに行きます
と言つてゐた。
僕はミレーのパステルを見てから早速十法《フラン》出して絵の具一式を買うて、家でパステルをやり出
した。仲々面白い。日本の画を描くのは油絵よりも適当な材料かも知れぬ。只困るのは下へ色の
粉が落ちて床が汚れる事と、手が粉だらけになつて小便する時に一々手を洗はんならんことだ。
まだその他にパステルはとめる事が出きないので、保存に困難だといふことだ。僕はまだそれは
知らない。

此の頃は一寸だれにも逢はぬ。藤川は農商務省の仕事をやつてゐるらしい。然し専門の方のは余り勉強しない。自分の家でよいから何かせいと言つても、すると言つてしない。口と手とは仲仲誰でも一緒に行かない。

ジュリアンはこの頃日本人は誰もゐない。ハタ君は例のスフローの連中の案内人らしい。つまらぬ交際家だ。馬鹿だ〳〵。自分は美術家と思ふてゐないのかしら。美術家には他のものはない。自分の好きなものをこしらへて楽しんでゐたらよい。交際なんかいるものか。そこは荻原はえらかつたね。をしいことをした。高村は奈良へ画を描きに行つたさうだね。こいつも駄目々々。今一寸有望の彫刻家がゐない。南無彫刻大明神、何卒一人の天才を日本へ下し給へ。南無彫刻大明神。

青楓兄　　　　　　　　　　　　　　　　　　曾太

おくさんにもよろしく

津田の身辺はこの手紙をゆつくり読み味つて、遠い所にゐる友達の動静を思ひ浮べてゐる余裕はなかつた。彼は三分の一位まで読むと、正しい折目をも調べずいい加減にクシャ〳〵に元の封筒の中につつ込んで、無造作に机の上に擲げ出して、期限の切迫してゐる雑誌の表紙画だの、カットだの展覧会の批評なぞといふ屑のやうな仕事にとりかかつた。

その夜彼は布団にもぐり込んでから、静かに読みにくい彼の手紙を読み返した。

すると彼の心にはクシャ〳〵訳の分らぬ気持が湧き上つてきた。もう一度外国に行つて勉強に仕上げをかけようといふ希望に燃えあがることと、このまま日本にゐて力の続く限り働いて、余裕を作りつつ勉強をやつて見よう。さうすることが妻子のあるものにとつては一番自然な方法だ。しかし自然な方法を択ぶにしても、必ずしも布団の中で空想してゐるやうに、骨身を惜しまず好悪や是非を言はず、何でもかんでも金になる仕事は片ぱしから引受けて、やり遂げても果してそのあひま〳〵に余裕が出きて勉強ができるかどうか保証のかぎりではない。現実は刻々に変化する。さう言ふ風に考へがにぶつてくると、又一方勉強に集中できる外国生活の方へ考へ方が傾いてくる。折角儂は三ケ年辛苦をして種を播いてやつと発芽して、双葉が出たばかしだのにこのまま日本にをつて、襤褸屑をかき集めるやうな仕事に追はれて、その日その日を送つてゐたら、結局発芽した苗は大きく育つ迄には栄養不足で立ち枯れになつてしまふ。どんなに無理をしても思ひきつてもう一度出掛けた方がいい。現に儂は向うから帰る時はそのつもりで帰つてきたのだ。日本に止るのはその時の気持を裏切るものだ。さう一応は考へるものの、愈々つきつめていろんなことを考へてみると、あつちにもこつちにも面倒な問題が起りさうである。第一百合子がおとなしくもう一度空閨を守つて内地に待つてゐてくれるか、必ず一緒に行かうと言ふだらう。彼女一人ならまあいいとして赤ん坊をどうするのか、他人にあづけることもできなければ、母におつつけてゆくのも余りにエゴイスチックで良心にとがめ、そんなこともできない。結局は一家眷族を背負つて巴里三界まで出掛けて、果して勉強が出きるか、それは現在の生活の延長でしかないのだ。妻子眷族の喰ふ為にボロ屑を拾ひ集めるやうな生活を遠い所へ持ち越すことは愚かなことだ。こいつも駄目だ。儂は消極的だが現在を積みあげてゆくより外に方法がないのだ。そんな風に考へて、ある瞬間は明朗な気持ちが湧きあがり、ある瞬間は憤怒に等しいものが腹の底から持ち上つたり、ある瞬間には暗黒の中に突き落されるやうな寂しい気持ちになり、そんな訳のわからないゴチャゴチャしたことを繰り返へした。さう言ふ晩には彼は必ず夜中、ものすごい悪夢に襲はれることが度々だつた。

アンデパンダン

此の頃漱石山房の話題は朝日文芸欄に関することが多かつた。

漱「我々仲間同士の機関ぢやあなくて、天下の文芸欄なんだから、無名作家でもなんでもスグレた作品をドシ〳〵紹介しなければ意味がない。既成作家より寧ろかくれたる若い作家を天下に紹介するやうにしたいんだ。」

小宮「僕なんかも先生の言葉に該当するよ。」

森田「先生の謂ふ所は理想なんだ。第一無名作家で毎日の文芸欄を埋めるほど、かくれたる天才が果してゐるものかね。」

漱「ゐるとも。無論新聞は営業だから単純には考へられないが、文展の落選組の中にだつて将来のある作家がどれ位いるか知れないよ。鰹節のやうな不折の画とはくらべものにならないよ。」

森田「先生はさしあたつて、どんな連中を考へてゐられますか。」

漱「白樺では志賀とか長与とか武者とかがいいよ。ああ言ふ人達にも僕から一応手紙を出しておくが、君も直接あたつてみたまへ。最初から余り長いものは困るが、廿枚位のものを頼んでみ給へ。」

小宮「津田君画かきの方はどうだらう。無名画家で偉い人はゐるかね。」

津田「ゐますね。僕の友達にYASUIといふのがゐますが、あいつは必ず日本の画壇ではスバラシイものになるでせう。何しろダンマリやでコツ〳〵勉強する以外に能がないので、パレットの虫みたいな男なんですけれど、意志力の強いのではとても我々はかなはない。」

三重吉「津田の友達かい。そんなパレットの虫みたいなものが、いい画描きになれるかい。」

津田「所謂ありきたりの天才といふのは一寸違つてますがね。先生は名主の昼行燈ではなかつたのですか、YASUIは昼行燈で商売の手伝ひは何をやらせても駄目なので、無口でブラ〳〵してゐて邪魔になつて困らされたのですよ。親達は、仕方がないから言ふままに画をやらせたんださうですが。全く天才ですね。アカデミージュリアンといふ所は世界中から芸術家の卵が集つてきますが、彼のデッサンはすばらしいもので群を抜いてゐるです。毎年のコンクールで彼の様に首席ばかりをとるものはないんです。尤も師匠のジャンボールといふ人はアカデミックな仕事をする人なんですけれど、日本人の小悧口な者はアカデミックの仕事を馬鹿にしてしまつて、最初からしやれた仕事ばかししたがる者が多いのです。だから日本人仲間では彼を天才だなんて考へるものはゐないやうですけれども、僕は逆に考へてゐるんですよ。」
漱「そのＹＡＳＵＩ君はいつ帰るんだ。」
津田「もうそろ〳〵帰るでせう。私と一緒だつたんですが、私は三年で帰つたんですが、彼はあとに残つて勉強してゐるんですから、もう五、六年にもなるでせう。」
小宮「ＹＡＳＵＩが帰つたら一つ画会をやらさうぢやないか、僕は早速申込むよ。」
漱「さう言ふ青年のゐることは頼もしいね。」
三重吉「ツダ、ツダ、貴公さう言ふ天才はあぶないぞ、キリンだ、キリンだと思ひ込んでゐると、いつしか駄馬に化けてしまふよ。」
津田「さうですか。」
漱「森田、文芸欄は公平にやつてくれ。津田君、文展の落選組をあつめて、一つ日本のアンデパンダンをやつてみたらどうだね。落選の中にも存外な掘り出しものがある筈だよ。」

女の話

斎藤与里君が津田を誘ひ出しにきた。予て同君や柳敬助君等の間で雑誌を出さうと話が持ち出されてゐた。今日同君の来たのは高村光太郎君を同人に誘ひ込むことだつた。二人は千駄木町の同君のアトリエに出掛けた。

そこから三人で浅草のよか楼といふレストランに出かけ、そこで食事をし乍ら雑誌の話を進め、最後に雑誌の命名をヒユザン（木炭）と名付けて、そこを切りあげて別れた。津田はその足で電車で江戸川終点まで帰り、そこから南町の漱石山房に出かけた。それはもう夕日の落ちた後だつた。

いつものやうに書斎に通されると沢山の顔が先生を取り巻いて二ツに半円を描いてゐた。そして二ツの七輪に鍋がかけられて、いくつかの大皿に鳥肉だの、葱なぞが馬にでも喰はせるかと思ふ程陳列されてゐた。珍らしく奥さんの顔も見受けられた。

「そちらの鍋に何かお入れなさいよ。割下を入れなさいよ。ぼんやりしてゐるのね。」

さう言ふ奥さんの声が和やかに響いた。

「津田さん、内田さんと森田さんの間にお入りなさい。」

津田は大勢の中で余り口をきかない。殊に漱石山房では先輩ばかり多くて、それがみんな文学を語る人々ばかりなので、誰がどんなことを考へてゐるのか皆目見当がつかなかつた。その上画のことなぞ問題にするに足らんといふ顔つきに見えた。たまに先生が画のことを取り上げて話されると、

「先生は此の頃画のことだけ談じてゐれば御機嫌がいいんだ。」

と、多少不平らしい口吻さへ洩らす者もあつた。

先生の後の襖には先生のぬりたくつた山水画が未完成のまま、無造作にピンで張りつけてあつた。

「先生又画がお出きになりましたね。」

といふと、先生は鼻の頭へ一寸指さきをやつてニヤ〳〵笑ひ乍ら、

「マヅイものが出きてしまつたよ。しかし小宮が褒めるし、松根が感心してくれるから世間は広いよ。」

「先生は僕の画のことをヂヂムサイとおつしやられますが、先生の画にも仲々ヂヂムサイ所がありますね。」

「君はヂヂムサイことを恰も芸術の一要素ででもあるやうに言ふが、儂はヂヂムサクは描きたくはないんだが、いぢりまはしてゐる内にヂヂムサクなつてしまふんだよ。そこをこの人達が感心してくれるんだからありがたいもんだよ。」

「先生の山は象の鼻みたいぢやありませんか。」

先生は右の方の目尻を下げ皮肉らしい微苦笑をされた。奥さんが横合ひから、

「勝手なことを言ふわね。」

「象の脚にも見えます。大象小象の鼻が積みあげられて、泥沼に片脚が沈没してゐる……腹に眼がついて……立体派的《キユビゼーム》南画……」

内田君が

「雪隠《かはや》にしやがんで壁のシミを見てゐるといろ〳〵の動物が現はれたり消えたり、怪物になつたり、仕舞にはこつちで注文するものが、何でも現はれてくるやうな気が致しますね。」

寡黙な安倍氏が、

「立体派は便所で構想できるね。」

と津田の方を顧みつつ口をつむいで笑つた。三重吉君が、
「くだらないことを言ふなよ。喰つてしまつたものはいいが、俺だの小宮なんかは、これから
だ。」
三重吉君は真顔で皆をたしなめた。眼つきがギロリとして、ほんとうに憤つてゐるやうにも見
えた。
奥さんが又
「鈴木さん、小宮さん早くおあがりなさいよ。あんなことどうだつていいぢやないの。」
「奥さんは僕に早く飯を喰はせて仕舞ふというコンタンなんですね。」
「何言つてゐるのよ。早くおあがりなさいよ。沢山煮えてゐるぢやないの、早く食べないと小宮
さんが皆食べて仕舞ふわよ。」
小宮君がニヤ〳〵笑ひ乍ら
「俺が皆喰つてしまふぞ、早く喰はないと。」
又三重吉君奥さんに向き直つて、
「奥さん、先生の一体好きな女て言ふのは紙屋なんですか、鰹節屋なんですか、どつちなんで
す。」

「どつちだか知らないわよ。先生に訊いてごらんなさい。」

三重吉君は顔をまげて先生の方をぬすみ視して虎の機嫌を偵察した。先生は些《すこ》し気むづかしいさうな顔つきだつたので、矛先《ほこさ》を別の方へ向けた。

突然奥さんが三重吉の矛先をへし折つて、

「死ぬんだ〳〵て、今にも死ぬやうなことを言つてきた女の人はどうしたんでせう。」

草平君が、

「もう来ませんか。」

三重吉君が、

「死にたけりや勝手に死ねばいいぢやないか。死ぬ〳〵つて夏目漱石へ広告にくることはないよ。」

この話は先生にあまり興味がなささうに見えたので、話は又画のことに戻つて行つた。誰かが

「先生は洋画よりも、南画の方が得意ぢやないのかね。」

と津田に私語した。

「さうらしいですね。先生は現実よりも空想の世界の方がお好きでないんですか。小説では現実を取扱はなければならないんで、午後からは人里はなれた別荘にでも行くつもりで、あんな山の

画が出きるんぢやないでせうか。」

「先生は画をかかれることが、とても楽しみらしいから……先生は居ながらにして象の鼻の山中に逃避されてゐるんでせう。」

「日本画はあんな勝手な景色が自由に捏造できるから面白いですね。西洋画は、そこへゆくと窮屈ですね。隅から隅まで写実一点張りだから。」

大勢がよつて食ひ散らされた。鍋や七輪茶碗なぞの汚ならしいものが、次第に運び去られた後には、菓子鉢にもられた栗饅頭と羊羹それに赤絵の楽のどんぶり鉢にはぶどうとりんごがたつぷり、向き合つてゐる先生とお弟子との間に置かれてあつた。人々は一応影の方に行つて帯を締めなほしたり、便所に行つたりして、皆が元の位置に新しい気持ちで座り直すと、安倍氏小宮氏等の理論家が自然主義文学論を語り出し、先生も気が向くと皮肉や洒落をとばしてゐられた。岩野泡鳴のことや、田中玉堂のことや、田山花袋のことや坪内逍遥の話などが一通り了ると、自然と話題が哲学的問題に移つて行つた。

すると三重君がきまつたやうに、井上哲次郎博士の話を持ち出す。同君は博士のことをイノテツ〳〵と黄色い声で叫ぶのが常習であつた。同君が学生中、イノテツ先生の講義を聞いた時の印象を語るものと思はれた。同君一寸真顔になつて

「『浦賀の砲声一発……』とやるんで『我が国上下の惰眠を破れば……』これが哲学概論の第一声なんだからのう。これがイノテツさんの講義で。」

皆がくすくす笑ふ。

「そいつを真面目にノートを出して筆記しちよる学生もゐるんでえ。」

そこで哲学論は腰を折られて話は横へすべり出してしまふ。

借金

津田はどんなに苦しんでも他人から借銭をしないことといふ掟を心のうちに、いつか知らぬ間に作つてゐた。彼は貧乏に育つて永い間自力でやつてきたので、どんな場合にも他人に寄りかかつたり縋つたりすることを男子としての屈辱のやうに考へてゐた。自分の身さへ惨酷にあつかふことを躊躇しなければ、決して困る筈がないのだといふ自信に近いものを持つてゐた。

それといふのも彼は心の自由を欲してゐたからで、彼はいかなる意味に於ても他人から故なくして自分を縛られることは一刻と雖も堪えられなかつた。彼は寡黙だから他人に御世辞を言つたり阿諛《へつら》つたりすることはできなかつた。よしそれが社会《よ》の習慣《ならはし》だからと言つて努めてやることは矢張り彼にとつては自由の喪失であつた。ぶつきら棒に不快な顔つきで、

「儂に金を寄越せ、必要なんだから。」

と言つてみたところで誰も借してくれるものはない。道義的な意志のブレーキが破損すると、彼

のやうな小心で馬鹿正直な人間が強盗に顚落する、さう思うと強盗と雖も愛すべき人種が存外多いのかも知れない。幇間のやうに、いらざることを矢鱈に喋り、おかしくもないのに愛嬌笑ひをふりまいて、相手の神経を麻痺の状態に追ひ込んでから、おもむろに実は……と切り出すのが道義社会の因習なんだ。津田にとつて、そのやうなことをするのは、自分の魂を摑みだしてドブ泥の中に擲げこむやうな気がして、とうていできない相談だつた。

津田は細君に、

「おい、もう暮れ迄あと二日しかないんだが、どうしようか、」

「お医者さんが大分多いでせう。もう入るところはないんですか、」

「もう取るものは大低取つちまつたんだ。森田君の装幀料は磯谷（額縁屋）へとられてしまつたし、大阪の吾八へ出品した工芸の売約が少しはあるだらうと思ふのだが、今年の内には間に合はない……。外国から持つて帰つてきた本も先月売つてしまつたから……お前のもので何か金になるものはないかね。」

「だつて赤ちやんが生れた時に入れたものがまだ出せないでそのままですもの……ここで利子を払ひに行つておかなければ、流れてしまひますよ。」

「一体どれ位あればいいのかね。」

「家賃が六円廿銭——三河屋が四円八十銭——新聞屋、電灯代——それにお医者さんの薬代が拾参円七十銭——そこへ診察料もありますし、産婆さんへも、何か持つてお礼に行つておかなきやあ——」

「ぢやあ、ざつと卅円だね。僕のもので金になりさうなものはなし……百日咳なんてどうしてなつたんだらう。銭湯へ連れて行くからいけないんだ——百日咳は伝染性のものだつて医者が言つてるよ。」

「そんなこと今更言つたつて仕方がありませんわ。それよりお金はどうなさるの、」

「どこかで借りてくるより仕方がないね。」

「あなた借りるところあるの、」

「夏目さんにでも言つてみようかと思ふのだ。他にあつてもそんな事言へないよ。」

「夏目さんは貸して下さりそう、」

「さあ、どうだかな。」

「そんな曖昧なの、」

「だつて言つてみなくては判らんよ。」

津田は金銭上のことで余り細君と話してゐることは、お互ひの感情をもつらかす原因になるので、渋々腰を上げた。そして和服の上から、着古した釣り鐘マント（巴里で散々着古した薄地の）を無造作に羽織つて寒い街頭へ出た。彼はにぶい足取りで胸突坂を下りて、早稲田のたんぼから、大隈侯の屋敷の細い横町を通り抜けて、学校の正門を通つて南町の漱石山房の玄関に現はれた。

いつもの通りに女中が取次いで、先生の書斎の入口に立つて内の様子を窺つた。

先生はいつもとは違つて、出入口の扉の傍に平素すえ付けてある稍大形の紫檀の机の前に座つてゐられた。眼鏡をかけて頻りに何か帳簿に眼を通されてゐるやうな風だつた。

津田は机の横に座つていつものやうに挨拶した。先生は一寸眼鏡ごしに津田の方へ首をまげ、又元の机の上の書類に眼を向けられた。先生の顔には暗い影があつて、先生の眼からは、

「お前は今時何しにやつてきた。」

と呟いてゐられるかの如くに、津田の心に映つた。

岩波と桁平

画家の目に映《うつ》る人々の顔は、皆それぞれに一つの特色を持つて、面白く映るものである。

漱石山房に集る人々の風采もそれぞれに異つてゐて面白い。顔色の青白い痩せ型の人もあるし、赭ら顔で太つてゐる人もあり、へちまのうらなりのやうに細く長く風流なのもあり、凡てが整つて長からず太からず黒からず、又赭からず、目鼻も至極尋常で欠点もなく、特色らしい特色を見出すことの出きない好男子もある。画家の方から言ふとこんなのは苦手で、その人の特色をかき表はすことは困難と見られるが、それでもよく観察してゐれば、平凡なりに特色といふものはどこかにある。それに沢山の人々の集る中では、他の人々が各々それぞれに特異性を発揮してをれば、さういふ平凡型美男型も又却つて異彩をはなつことになつて、取合せとしてはまことに面白い存在となるのである。

その取合せの一方の異彩に、岩波氏と桁平君の存在がある。この二個の顔をどうして玆に組合

岩波茂雄

せるかと言ふと、岩波氏は直線型で雄大であり、桁平君は曲線型で小形版に出来てゐる。それ故この二人を並べると、お互ひにその異色が判然と発揮される点で、画家にとってはまことに都合のいい存在である。

岩波氏の顔は、手にとつてころがせばころげさうである。普通に人間の顔は馬や羊なんかと違つて長方形といふ定義になつてゐる。女の顔の平凡なのを言ふ時、卵に目鼻なぞといふから大体の比例は卵程度の面長が尋常のやうである。ところが岩波氏の場合はこの定義に拘泥せずにまんまるのごとく又ま四角の如く、上下よりも寧ろ左右に拡がりを持つてゐる如く感じられる。物で示せば南瓜の形とか或は馬鈴薯の形とか言ふものに髣髴してゐる。色は赭黒く大体赤じやがの色合である。これに反して桁平君の方は凡て繊細にやさ男型にできてゐる。岩波氏の輪郭は強い太い線で、鉄筆の如き力で表現しなければその感じは出てこないが、桁平君の輪郭は軟かな毛の面相、筆で描くか、或は万年筆の先きを軽く紙の表面において遅速のない適当な速度ですべらせせつつ描かなければ、あのやさ型の輪郭にはならない。岩波氏の顔を概観すれば大体坊主臭く羅漢然としてゐる。これに反して桁平君のは徳川時代の人情本やなんかに出てくる色男にある型の風采である。桁平君はその気質の書生風なのに似合ず、角帯を締めて縞物の羽織を着てゐる所は商人風である。岩波氏はいつでもダブダブの洋服を着てあぐらをかいてゐることが多い人だ。

高木

人々の気性も顔の如くに線の太細、心臓の強弱、寡言、寡黙、多弁、能弁、駄弁いろ〳〵その癖を顔の上に表はしてゐる。

桁平君は甲高い声で滔々として天下国家を論じる。或る時は哲人を語る。或る時は道義頽廃を慨嘆し、青年の軟弱、社会、教育、風教、軍事、文芸、美術等々あらゆる現象は同君弁舌の対象とならぬものはない。

「君、近頃の文壇の傾向は怪しからん。自然主義とかなんとか言つて、モーパッサンを真似て、とく〳〵としてゐるが、あんなものは社会の良風美徳を害するよ。あれは君遊蕩だよ。遊蕩文学だよ。自然主義文学、即ち遊蕩文学だよ。僕は遊蕩文学撲滅論を書くよ。」

さう言つて桁平君が気焔を上げる時は、額にふり下つてくる髪の毛を右の手で何度か上にかき上げる。桁平君の髪の毛にはあぶら気がないから弁舌する時は、いつも毛が額に降りかかつてくる。

漱石先生は桁平君の弁舌をよく冷かして言はれる。アイツのお喋りは田舎の一筋道で、裏はたんぼだよ。さう言つて皆を笑はされることがあつた。

岩波氏はそんな時只だまつて聞いてゐる丈で、時折りお義理のやうな笑ひ方を口の中でする丈である。岩波氏は肚の底から笑ふやうなことはなかつた。感情神経が活動しないみたいだ。自分からすすんで意見を開陳する様なこともなかつた。大学の選科を出て女学校の先生とか校長とかをしてゐたが、教師がいやになつたから、今度東京に出て神田で古本屋をするんだといふ様な話を誰からともなしに耳にした。漱石先生は大風呂敷を拡げるものより、寡黙な岩波氏を買つてゐられた。

三重吉と草平君

前の二人が円型と長型、といふよりは剛型軟形といふ取合せに対し、三重吉草平の両君は純粋の円型と長方形に属する顔である。草平君は即ち円型だし、三重吉君の方は長い。長いと言つても楕円よりはづーつと長く稍々ヘチマに近い。草平君は岩波氏のやうに羅漢くさく雅趣に富んだところはないが、完全な円型で、例へば昔駅で売つてゐたどびんの様な丸さで、岩波氏の様にでたりひつこんだりしてゐる所が少い。丸型中の整つたものである。それに準じて目鼻のつき方も岩波氏のやうに頑強ではなく極めて普通であるが、君が笑ふ時には目じりが幾分下がる。唇から下の空地、即ち顎は短く首は太い。君は煙草が好きでどんな場合にも巻煙草をくはへてゐる瞬間が連続してゐる。三重吉君の方はさつきも言つた様にヘチマといふのが一番感じが共通してゐる。鼻筋も通つてゐるから決してマヅイ顔ではない。その上耳は大きく前の方に向いてゐる。俗説にはかういふ耳を福耳と称してゐる。

森田草平

この顔を描くには曲線が主体となる。線は太からず細からず、又強からず弱からず、速筆でもなく中位の速度で紙の上をすべらす。つまり真・行・草のいづれでもなく、寧ろ真・行・草を一体としたやうな線で描くところに、両人の個性的な特長が表出される。

草平君の首はづんぐりと太く短いが、三重吉君のは細くして長い。三重吉君は青白く草平君は赭黒い。

三重吉君は広島弁で無邪気によくしやべる。先生を虎だ〳〵と言つて尻つぽをふむことを恐れてゐるやうに見られるが、一面では先生の存在を無視してゐるかの様に、大勢の前でかまはず言ひまくる。謹厳な人々は聞いてゐることが却つて恥しくなる様なことを得意気に話す。

「儂は中学生の時竹原ちうとこで素人家に下宿しちよつたが、お内儀さんが後家さんで、儂は後家さんを手なづけてくどきよつたよ。中学生にしちや、儂はマセとつたのう。」

そんな風のことを、先生を取り巻く大勢の前で声高らかにしやべつた。先生も只ニヤ〳〵笑つてゐられるばかりで、別段気にもとめてゐられるやうでもなかつた。

三重吉君の神経は細く感受性が強かつた。喜怒哀楽に対する感激も悲痛も人一倍よけいに感ずる如くその現はれ方がすぐ顔に反映するし、自身でもそれを表現する言葉が切々として訴ふる如く、悲しむ如く、綿々として春雨のけむるやうな具合で、桁平君の様な人から見れば男子にある

まじき痴人の愚痴だと一蹴する位のものかも知れない。そこに三重吉の不可思議な魅力が人に向けられてゐた。

漱石先生は偽善に対し露悪といふ反語を製造して、人をやつつけてゐられたが、三重吉君の如きは露悪と自己暴露の混合体みたいで、酒の上ではそれが転化して他人への憤懣を爆発させるやうになる。酒は狂人水だともいふし、酒は人間のもつ虚栄心や、いろ〳〵の謀略謀計――人が社会的生活を営む故に他人の謀略謀計に対抗して自分を守らうとする為に、無意識の内に涵養されてゐる虚栄心や謀計、――それが浄化されて、本然の姿、天真爛漫にかへる濾過装置のやうに考へられ、昔の詩人や芸術家が酒を利用して詩をつくり、書や画を書いた人さへある。唐人の張旭といふ人も酒仙をもつて任じてゐた人だが、書をかく前には必ず酔つぱらつて王様の前でも冠を脱いでしまつて、頭に手拭いかなんかで鉢巻をしてそこへ筆をはさんで字をかいたんだ。といふ話で、無論伝説か作り話かも知れないが、酒の上で書いたのはほんとだらう。李太白はいつでも酔つぱらつてゐてあんな詩ができるんだし、浦上玉堂も亦酒好きで、酒気を帯びて書いたから、墨痕淋漓たるあんなすばらしい画が出きたんだといふ話もある。とに角酒は狂人水でもあり、浄化用水でもある。三重吉君の場合は天真爛漫になり得たといふよりも彼が本来もつてゐる複雑なる感情、嫉妬心、名誉心、憎悪、愛情、虚栄――さうしたものから脱却されてのん気になるといふよりも、逆に複雑な感情が力強く他人へ向けられる。彼にとつて酒は繊細な神経の補強工作の用をしてゐた。

草平君の酒に酔つた姿を見たことはない。いつも黙々として慎しやかに自分を持してゐた。草平君はある時事件で山から帰つてきてその結末がついてゐなかつた。先生が、

「今日先方の母親がきて、なるべくならば書いて発表されることは断念してもらひたいといふのだ、あの男は書くのが商売なんだから書くことを断念させることは彼を殺すのと同様の結果になるんだ、と言つてやつた。すると先方でも了解したらしく、それでは娘もゆく末のあることですから、娘をキズものにならないやうに書いてもらひたい、と言ふ注文なんだ、それだけは引受けたよ。」

そんな話を耳にはさんだ。草平君は漱石山房ではつつましやかにしてゐる理由があつたのだらう。

草平君はその頃なんだか女のことで問題を起して、ごたごたやつてゐたやうだつた。私のやうな新参者は別段立入つて聞く訳でもなかつたが、人々の話でそれとなく知つた。

のちに『煤煙』といふ題で新聞に連載されるやうになつたが、私は忙しくつて読まなかつた。

「そんなおかしなことはないよ。」

といふ先生の言ひ分も度々聞いた。

「結局火遊びぢやないか。さうでないといふなら、二人が山の上で死んでしまつてゐりや問題はないんだよ。」

草平君は熱心に先生に弁明をしてゐたが、草平君は人生をただ黒く真面目に考へる癖だし、三重吉君はただ黒いとかガチガチとか言ひ乍ら人生を詩化する癖だつた。

漱石先生の書

漱石先生が手習ひをしてゐられるのを津田は見たことはなかつた。又誰の口からもその様な話を聞いたことはなかつた。

先生は字を書くことは大へん好きの様だつた。小説を書かれることが本業で、本業の余暇には字を書いたり画を書いたり、わずかな小遣ひで骨董あさりすることを、趣味とも道楽ともしてゐられたやうだつた。先生の字は素人の余技ではあつた。しかし字についての理想と見識は持つてゐられた。頼山陽の字は嫌ひだつた。

「あれは小手さきの字で俗字、あんなものはきらひだ。」

そんなことを洩らされたこともあつた。

「蘇峰はどうです。」

と言ふと、

「うん蘇峰かフウン」

と言つて、ろくにまとまつた返事もされなかつた。

先生は才気の横溢した小器用な字は嫌ひのやうだつた。山陽の字は達筆で見事なものであるが、才人の弁舌のやうで重厚味が欠けてゐる点でいやなのだらう。桁平君のおしやべりを部落の一本道にたとへて、表通り丈軒が並んで、裏は田んぼだなんて皮肉を言つてゐられる通り、器用に達者にといふことは、奥ゆきがなく浅ましい感じのするものである。人に向つて上手さを誇らうとする、心の浅ましさが字に表はれる。それで山陽なんか俗字だといふ見解が先生には出てくるのだらう。蘇峰に至つては論ずるまでもなく俗字中の俗字と考へてゐられたらう。

津田を誘ひ出して、博物館に特別陳列としての良寛遺墨の展観を見られてから、ひどく感嘆され「あれこそ頭が下る」といふ言葉で言ひ表はされた。津田は若輩で先生が感心される程の感激はもつてゐなかつたし、且つ持たうとする余裕もなかつた。津田のその時の感心の仕方は線のリズミカルの面白さとか、白い空間の上に黒を点綴したハーモニーの美しさ——ある意味では天啓天慮とも言ひたい程の美しさに、漠然と感心してゐた丈のことであつた。

先生は感心すると自分ですぐに真似がしてみたくなる。先生はまことに器用な人だ。寂厳に感心されれば寂厳の字ができ、高泉に感心すれば高泉の字ができ、蔵沢の竹に感心すれば蔵沢の竹が出き、玉蘭の菊に感心すれば玉蘭の菊が出きる。まことに器用な先生である。器用だ器用だといふと、先生は厭がるかも知れないが、事実器用なのだ。画でも字でも、まだその範囲が一本調子に動きのとれない狭いものではない。明けても暮れても義之、義之とか、大雅、大雅とか、ピカソ、ピカソとか、セザンヌ、セザンヌとか言ふ風にただ一つのものに拘泥したり、熱中したりはされない。先生は狭い道を窮屈にあるくことは出きない人なのだ。そこに先生の天賦の器用さがある。しかし先生はその器用さを手ばなしに自由に駈け出させないやうにブレーキをかけて、手綱を引きしめてゐる。そこから「守拙」といふ標語が出てくる。先生が「守拙」のたずなを手ばなしにしてしまつたら、ある時は山陽の如くある時は蘇峰のやうな字が出きたかも知れない。

現に良寛の字を見てから後と、以前にかかれたものとには大分ひらきがある。「風吹碧落」といふものと「酒渇愛江清」といふのとを並べてみると、同一の先生の字と思へぬ程ひらきが歴然としてゐる。先生はある場所での講演に、

例へば一線の引き方でも――その一線だけで絵はなりたたぬに拘らず――勢ひがあつて画家の意志に対する理想を示すことも出きますし、曲り具合が美に対する理想を現はすこともできますし、又明瞭で太い細い関係が明らかに知的な意味も含んで居りませうし、或は婉美の情、温厚の感を蓄へることもありませう。――知情の理想が比較的顕著でないのは性質上已むを得ませ

ん——かうなると線と点丈けが理想を含むやうになります。丁度金石文字や法帖と同じ事で、書を見ると人格がわかる等といふ議論は、全く是から出るのであらうと考へられます。だからこの技巧はある程度の修養につれて理想を含蓄してまゐります。

先生はここの所で、単純な線だけでも知情意の現はれがあり、その現はれが理想であり、その理想は即人格であり、その人格は修養によつて技巧の含蓄を増してくると述べてゐられる。

ここでは先生のブレーキ即ち「拙を守る」といふことに触れてゐられるが、

「技巧はある程度の修養につれて理想を含蓄してまゐります。」

と言つてゐられるのは、「守拙」を裏返しにした積極面を言つてゐられるものだ。修養とは古人の書論を読んだり、いい拓本を見たり、立派な古聖の遺墨を見学したり、その他広く読書をしたり、思索をしたり、社会のいろんな場面に接触したりすることも間接的な修養である。この方は積極的な修養で、その根本的意図は上手になりたい、上手に書く為にといふ目的があつてのことである。一方は恰もこれを否定するかのやうに拙を守つてゐよ、といふのだから正に反対なのである。

元々下手な人間が上手になることは危険だから、できる丈拙を守れと言へば技巧の上の発展性もなければ、理想も含蓄も増してこない。甲の人間が風邪をひいて積極的に「なアに風邪位」と言つて風呂にとび込んで上つてからふとんにもぐり込んで、熱いものをフウ〳〵吹き乍ら飲んで寝たら癒つてしまつたと言つて、乙の人間がその通り真似たら益々風邪がひどくなつて肺炎が併発したりなんかした例はある。各人の体質によつて積極的にも消極的にも応用される必要がある。先生は本来器用なのだから、ほつておけば俗字になりたがり厭味に陥りたがる。そこを御自分で意識して一方では消極的な守拙をブレーキとし、一法では法帖を見たり良寛を見学したりして、積極的な療法とうまく調和させてゐられたのかと思ふ。

　前の方で少し立入ることを忘れてゐたが、拙を守る限界といふものが素人としての誇りを保つ所以にもなる。先生は専門《くろうと》的よりも素人であることを誇りとしてゐられるかに見られた。専門的となると、とに角理想をもたない技巧だけの弊に陥りがちになる。機械的な精気の抜けた——書家の様な字になる。書家は理想を持たなくて技巧だけに拘泥するから、無味乾燥な書ができ上る。書家仲間では理想を抜きにした技巧だけの範囲内で優劣を論じ合つてゐるのだから、そこから一歩も進んではこない。書に関心を持つ一般の素人はその点について寧ろ素人の書に理想を発揮したものがあり、高潔な人格の反映が現はれてゐるので、床の間を飾つて自分の趣味の象徴としたがることが多い。漱石先生はかういふ意味において、字も画も素人のいきを脱してゐられなかつた。しかし画の方は専門家といへども理想を持つてゐるものが少くない。

寺田さんと能成君

漱石山房に於ける寺田さんの存在は、まことにヂミなものであつた。能成君と隣り合つてよく座を占めてゐられたが、自ら発言されるやうなことはなく、先生の質問に低い声で答へられる位が関の山であつた。でなければ、誰かが調子に乗つて大声でしやべつてゐると、一寸した軽い例を持ち出して話の進行がたじろぐやうな皮肉を言つて、さも嬉しげに一人で笑つてゐられた。お隣の能成君も同調して笑ふ。

津田は無論新参者でいつも入口の扉の近くに座を占めるのが習慣《ならはし》で、奥の方には寺田さんや能成君、松根君らが座を占めてゐた。

それが恰度津田の方からは対岸の位置におかれてゐるので、津田はキャンバスに写された群像の一部として眺めることがあつた。隅の壁には六朝風の大字の石摺りの張り交ぜ二枚折り屏風が置かれてあつた。後には其一の秋草の屏風に代つた。屏風の前には松根君が行儀よくキチンと膝

寺田寅彦

を折つて座り、その隣へ寺田さんが、いつもネクタイが少しずり下つて三角に折れたカラーの下からノド仏が見えてゐるやうなことが絶えずあるが、それには無頓着であつた。着物の時は羽織の紐が片一方はづれてゐるやうな場合もままあつた。やせ形で少しも風采をかまはぬ。夏目先生のオシャレの影響を少しも受けず、先生は先生、儂は儂だといふやうな風馬牛の態度も津田には面白い存在として映じた。津田は科学者には用事はないし、科学の話はできぬので、別段進んで話しかけることもなく、先方からも話しかけられることもなかつた。寺田さんが人に話しかけないのは津田に限られたことではなく、別段進んで話しかけてゐる人もなかつた。まことにヂミな存在だ。

漱石山房でハデな存在は三重吉君に越すものはなかつた。三重吉君は『山彦』『千代紙』のやうな異色の作品を世に送つて社会から認められてきた。謂はば新進作家群に数へられやうとしてゐた頃なのだから、自分でも嬉しくて自然とハシャグ気持が出てゐたのだ。

寺田さんの隣に能成君が、これ又風采をかまはぬ哲学者で、目が落ちくぼんでほほの下がこけ落ちて、不精ヒゲをかまはぬ所は田舎の小学校の先生とも見えず文士とも見えず、垢じみた着物を着ながして、ヘーゲルだの、ベルグソンなどとむつかしい哲学の問題を先生と取りかはしてゐることを耳にすれば、矢張り哲学者とする他ない。哲学者とはあんなに陰気くさく、寂しげで、

能成君

貧乏臭いものなのかといふ印象を受けた。津田は生来陰気で、寂しげで、貧乏臭いのを哲学者の概念にしてしまつた。

漱石先生は二間の唐紙の前に一人でお弟子の方に向て座を占め、入口の方と屛風のある方とを左右にして坐つてゐられる。中央——先生の真正面はいつも座席の売れ行きが悪い。それといふのも、なんだか先生と真正面に向き合ふと、まぶしいやうな気がして窮屈であり、先生から何か話しかけられても向き合つてゐるものが先づ責任を感じて、受け答へをしなければならないやうな面倒が起りさうな気がするからでもあるが、今一つには、座の後にバックがないといふことは落ち付きの悪いもので、冬は無論寒いし、又座が長くなつて脚を組みなほしたり、アグラをかいたりした後、こらへきれなくなつた時、後に壁とか柱とかによりかかりたくなる。それを無意識のうちに予期して誰でもバックのある所に座をしめたがる。だから先生の正面は上座であり、又貧乏クジをひいた者がここに、座るやうな結果に自然となつてゐた。

三重吉君は屛風の方に座つてゐることが多く、森田君は入口側が多かつた。小宮君、野上君は中間的な存在で、対岸でも入口でもなく、そのどちらかの端に位置するのが癖のやうだつた。正面の空間は次の間に続いてゐた。そこには先生がものを書く時の小机と、その周囲には書物が一ぱい陳べられてゐた。ここへ座るものは一時的な賓客か、でなければ新参者だつた。

岩波君と桁平君は先生のまぶしい視線をさけて曖昧な落ちつきのないところにゐることが多かつた。自分に興味のない話が長たらしく続くと退屈し出して、後から手ごろな本を一冊ひき出して、それをいたづらに頁をめくつて眺めてゐるやうなこともあつた。さういふ貧乏クジの座席を自分から買つて出て座るところに、岩波君の性格の現はれがあるやうに思ふ。

小宮と野上

小宮君も野上君も画家にとつて厄介な存在で、どちらもいざ描かうとなるとその心がまへがなか〳〵まとまつて出てこない。それといふのが、どちらもつりあひのとれた顔で、どこにも調子はづれの変なところを見出すのに骨の折れる目鼻だちだから。

俗人からいへば小宮君なんかは好男子の部類に属する。輪郭は面長で、輪郭におさまる各部の道具はそれぞれその処を得、部分々々も大小過不足はない。色彩は稍々くろずんでゐるが、男子として青白いよりはいい。九州の片田舎にもこんなやさ男があるかと思はれるほどで、京都人だと云つてもおかしくない。寧ろ津田の方が粗野で田舎じみてゐる。

小宮君は漱石先生のおしやれを見ならつたのかどうかしらないが、小宮君から受ける印象の大部分は、おシャレといふ言でつくされてゐるとも云へる。同君は着るものだけのおシャレでなくて、食ふもののおシャレなんだ。いつでも美味なものを食ひたがる。美味いものと云つても只の

美味なものでは承知しない人なんだ。飯を喰ふなら「錦水」へ行かうなんて、一流の料理屋でなければ我慢ができない人だ。津田のやうな書生ぽには仲々おつき合ひができない。鮎は塩焼きにかぎるとか、わたを食はなければ鮎はうまくないとか、凡てがおシャレである。食ひもののおしやれは漱石先生の影響でなく、小宮君独自のものである。漱石先生は食ひものについては至極淡白で、殆ど無頓着のやうだつた。

住居についてのおシャレも同様で、仲々好みがむつかしい。広々として侘びがあつて数寄屋普請で、待合や料理屋くさくなくつて、明るくつて、又うす暗くつて、畳のうへに寝ころぶことが出来て、珈琲を飲むときは欧羅巴にゐる気分が味へて、日本の古典書をつみかさねてあつても、近代のフランス詩集がつみかさねられてあつても、不調和でないやうな、そして庭には秋草が一ぱいに咲きみだれてゐる。芝生に籐椅子でも持ち出して、美しい小間使に抹茶でもはこばせて、藤村か駿河屋の羊羹を、ガツ〳〵しないでシャレた皮肉でも一言云つて、物しづかに一服の茶を三口半すすると云つた風に、芝居の舞台ででもなければ不可能事のやうなことを理想とし、それを現に且つ日常生活に表現し、表象しようとしたのだから、仲々のおシャレである。

小宮君は粗暴な点は爪の垢ほどもない。ものやはらかでしとやかで、人なつこいところ、女にすかれる性質《たち》である。

野上白川君

同君がはじめて漱石先生を訪問されたとき、いきなりアグラをかいたとか云つて、先生がそれを大学の教壇にまで持ち出して、旧い習慣が破壊されつつある例として語られたといふ話が山房の話題となつてゐたが、これは先生の勘ちがひで、小宮君の性質のなかには全然そんなものはない。よし何かの都合で先輩のまへでさういふ作法をしたかも知れないが、それは一つの形式化された現はれで、田舎に住んでみるとうら若い女性でも服装《なり》を見てゐると、一ぱし都会のお嬢さんのやうに見えても、自分を表現するのに「オラ」(おのれといふこと)などと男女の区別がない表現をする。それを以て長者長上に対する非礼ともなんとも思はない。のみならず当人自身も決して現代の秩序道徳を破壊する気でもなんでもないのだから、そこは漱石が都会だけで成長してこられた人なので田舎的慣習を知らず、よし知られなくつてもあれほどの聡明な人なら、相手の内在的なるものを洞察された筈である。無論だん〳〵話してゐるうちに「この男は表現と人柄はだいぶちがつてゐる」ぐらゐのことは気付かれてゐたらうが、その事を一般化して講演の材料につかはれたまでのことと思はざるを得ない。そんな些細事をいつまでもまた問題にしたり、気にしたりするところに、同君のそれを否定する人柄が出てゐる。

野上君は小宮君とは反対に、村夫子然たる風采で、厭味も気どりも何もない。衣食住についても至極単純でさら〳〵してゐる。その代り夫人が美しい賢夫人だから調和はいい。野上君が身がまへをしない服装《なり》で人に応接しても、夫人のある以上相手のうける印象は立派に反映する。

只画像として画筆で表現する場合はむつかしい。特殊性が稀薄で、どこに焦点をおいてどこのところをデホルメにするかといふ点で摑まへにくい。凡てが穏かにできてゐる。尤も老年になつてからの同君の頭に相当の特色を示してはきたが、それだけが野上君を代表せしめるに足りるかどうかむつかしい。野上君はそのころ簡素な線でお能のスケッチ風の画をかいてゐた。素人らしいところはなく器用にできてゐた。ここにも野上君のおだやかな性格のあらはれがあつた。漱石先生の画には一方ではふき出したくなるほどヘタクソなところがあるかと思へば、一方では「こんな複雑な表現をどんな順序をへてやつたものか」と、専門家にも疑問がおきるほど器用なところもあつた。先生には心にはたえずムラがあつたが、野上君にはムラがなかつた。春夏秋冬を通していつでもオダヤカな人だつた。漱石山房でみなが声を大きくして議論をしてゐるときでも、野上君はいつにかはらぬ静かな心で意見を述べるだけで、彼が昂奮した態度は見かけられなかつた。そこに同君の長短をひき出す根拠がひそんでゐた。

津田が兄の一草亭とはじめて白山御殿の同君の寓居を訪問したとき、久留米絣かなんかの上にヘコ帯をぐる〳〵巻きつけて現はれた同君は、都会のまんなかにゐる文士とか文化人とかいふものの厭味な一面は少しもなかつた。そのうへどんな意見を出しても、賛成にしろ不賛成にしろ感情を昂らせてものを云ふやうなことはすこしもしなかつた。兄のやうな感情の激しいものにとつては、よい鎮静剤になつてよかつた。

山房の漱石先生

漱石先生が卅才前後の青年にとりまかれて、書斎の一角に桐の胴丸火鉢に腕をささへ顎をのせて、みなのはなしをききながら、ニヤ〳〵笑つたり、とりすましたりしてゐられる図柄は、洋画よりも日本画にふさはしく、日本画にしてもずつとくだけて、俳画的表現が一番ふさはしいのかもしれない。

先生の顔にはアバタがある。よく観察すると、そのアバタは鼻のあたまだけのことで、顔の全面にあるわけではない。しかし印象的には恰も顔中にアバタがあるかのやうな感を人にあたへる。それほど顔の皮肉からうけるものは美感ではない。くろずんだなかに、何かしらん不純なものがポチ〳〵あるやうな気がするだけのことで、顎のあたりはいつも髯を剃つたあとが青くなめらかさうに光つてゐる。先生がものをいふときは、右の目が平行線から脱却して少しかたむく。さう云ふとき先生の心は平静でなごやかな表象として津田はうけとつてゐた。眉と眼のあひだは割方距離はせまく、瞼は稍おちくぼんで西洋人くさかつた。

京都の芸者で剽軽な金之助君が言つた。

「先生はんは異人さんみたいやおへんか——ほら、親切な異人さんで——いやはりまっしゃろう——この先生はんみたいな、アメフル、アナタ、カサナイ、コレモチナサイ——親切な異人さんがあるわ。」

さういつて金之助君は先生を親切な外人と云ひ現はした。先生には親切な西洋人みたやうなところがある一面、単純な子供魂もあつた。

崖下にある貧民窟の小僧どもが、うちの竹垣の竹をひつこぬいて焚火をしたから癪にさはるとか、向ふの二階に下宿してゐる書生が仕事をはじめようと思ふと大声でわざと怒鳴りやがる。あんな不届な奴には喧嘩をおつぱじめて、やつつけてしまはなければいけない。喧嘩をするには対等の位置でやらなくちや面白くない。貧民窟の小僧にでもノラクラ書生にでもなり下ってやっつけるんだ。かう云う単純な感情は四十を過ぎた日本人で、しかも大学の先生までやつてゐる人には滅多見られない。

夫婦喧嘩のはなしのでたとき、

「儂なんざああたりを気にしたり、世間体を思つたりなんかしてゐちや、喧嘩なんぞできないよ。

そんなことにかまはず大ぴらにぐんぐん気のすむ処までやるんだ。只、儂んとこぢや相手が沈黙戦術に出て、ウンともスンとも云はないで、こつちばかりワメキたててゐるやうな時には、癪にさはつていやになつてしまふね。」

さう云はれたこともあつた。

「僕なんぞはその反対で、相手のお喋りにまかされてしまつて、一言もいふ余地がなくなつてしまふんです。只肚のなかでムカ〳〵と肚立たしさが膨脹するばかりで、それが見る〳〵うちに大きくなつて、破裂するんですよ。無我夢中でなぐりとばしてしまふんですよ。その時は相手が死ならうが自分が死ならうがそんなことは忘れてしまつて、只一途に相手の毒舌に対する復讐だけが目的になつて、兎も角電光石火に鉄拳がとんでしまふんですよ。その刹那相手が猛然と反撃に出るか、或はヘナ〳〵なつてくづをれてしまふか、いづれかです。それからが面倒なんです。その時こつちの理性が飜然とめざめるんです。ああしまつた。医者を呼んでこなければいかんかと思つたり『おい水をやらうか』と云つて茶碗に水をくんできて飲ませたりするんです。しかし反対の場合には相手の掌のなかに、薄気味のわるいピカ〳〵ひかるものが握られた場合、いづれにしてもこつちは第三者ででもあるやうに『これはいかんなんとかして和睦の方法をみつけ出さなきや大事になる』といふ理性的な感情が段々強くはたらきだすんです。しかし急に掌をうらがへしたやうな態度に出るのも、男子の面目にかかはるといふやうな意地がでて、相手の前にひざまづいて詫びるやうなまねもできず、男といふものはまことに依怙地のないものです。しかしかう云ふ危機を突破したあとは、雷雨が沛然ときたあと『清風屋に満ちて月天心』とでもいひたいやうな気分になるんです。この気分は喧嘩をやつたことのないものには分らないんです。馬鹿なはなしで、こんなことを何度でもくりかへしては悲しんだり憤慨したりしてゐるんですから、人間の夫婦なんていふものはエタイの知れないものですね。」

　さう云ふと、先生は、

「うん」

と云つてだまり込んでしまはれた。

　この場合とは反対に、こんな話もある。寺田さんに、

「君はきのふ上野××展覧会を見に行つたのか、」と先生が言はれる。

「はいゆきました。」と寺田さん答へ、

「細君と一緒か、」と先生が言ひ、

「はい一緒です。どうしてです、細君と一緒だと悪いんですか、」と寺田さんが言ふ。

「悪くはないが随分ウンデレだなあ。」と先生が言ふ。

「人間ウヽハヽンデレヽハヽにかぎりますよ。ウン〱云つて、デレデレしてゐれば、家庭円満で文句はないです。」と寺田さんが言ふ。

「ウンデレ、至極賛成だよ。」と先生は寺田さんに同調される。

先生は一方で「喧嘩は世間体を気がねせずに徹底的にやらなきや気がすまい」など云つてゐて、他方ではウヽハヽンデレヽハヽにも賛成してゐられる。無論喧嘩の主張に対する反省心であるが、先生はどちらにも気がある。気があるといふとおかしな言葉だが、興味があるといつてもおかしいが、かういう正反対な感情が二つ先生の心の中にいつも巣喰つてゐたらしい。そしてその二つがいつも牽制し合ひ、或は相争ひつつ同居してゐる人なんだ。

人はよく漱石先生は家庭では狂人じみてゐたと云ふぢやありませんかといふ。僕は先生を狂人じみた人だとは決して思はない。寧ろ立派な常識人であつたと思つてゐる。先生は知性も情操も意志も、みなそれぞれに発達してゐた。

芸術家とか文芸人とか云ふものは、一方だけがズバぬけて発達してゐる人間が多い。立派な芸術作品を世にのこした人でも、道徳的行為や家庭人としてマイナスの人も多い。寧ろよき作品を世に送つた者ほど道義的行為は低位だつた。先生は道義観念もつよく情操もゆたかで、知性もズバぬけてゐた。そんな点から云つても狂人なぞとはとんでもない痴人の勘ちがひだ。

先生は子供のとき大勢の兄弟の末ッ子に生れて、親達が歳をとつてからの子供で、世間へはづかしいとか、母親にお乳が出なかつたとかの理由で、その時使はれてゐた女中の姉のところへ里子に出された。それが骨董屋だといふ話だつたのだが、店なんかはてんで持つてゐなくつて、夜になると四谷の通りの大道へ莚を敷いて、ボロぎれのやうなものを並べる露店商人だつたのです。夜になると、フゴ（藁で作つた飯櫃入れ）に入れられて、ボロ道具と一緒に莫蓙のうへに置かれてあつたといふ話もあり、其の後一たん家へ引きとられて更に浅草へんの戸長をしてゐる男のところへ、正式に養子に貰はれていつたり、そこで五、六年養はれて七歳のときに又家に引きとられて、長兄の家に養はれることになつた。しかし夏目の姓は、最初に養子に出された家の姓になつてゐるので容易に復籍ができず、スッタモンダでおしまひに金銭で話がまとまつたといふやうな、謂はば犬猫同様のあつかいをされて成育された。

どうして先生が子供のとき、転々ともらひ手のない猫の子のやうな扱ひをうけられたかといふと、そのころはまだ馬鹿々々しいやうな迷信が可なり世間に通用してゐて、申《さる》の日の申の刻に生れたものは大泥棒になる、それを予防するには金のついた名前をつけるといいといふ習慣があつた。それが原因で先生は金之助といふ名前を親からつけてもらつて、何度か人手に渡るやうな境遇におかれて成長された。さうした境遇におかれて成長したものの通弊としては、猜疑心や嫉妬心が強くでてゐて憂欝な人間になり、社会や個人を白眼に見て厭人思想といふか、人を毛ぎらひして厭世的になる人間が多い。

わたしは昔、儚ない旅稼ぎをしてFといふ町にしばらく滞留してゐたが、ある機会で一人の芸者を知つた。彼女は無邪気で商売人らしい臭味がなかつた。それでわたしの宿によく遊びにきた。そのうち兄さんがヱカキだと云ひ出した。そして余程の変人ですとつけ足した。では一度その兄さんをつれてこいと云つて、その兄なる画家に会つた。彼はまことに厭世家で人に会ふのが嫌ひだといふのだ。その頃の画家はヱゴイストで放縦な生活をするか、消極的に厭世家を以て自ら高しとして、金をもらつて画をかくやうな画家を俗画家呼ばはりをして、得意になつてゐるのが一種の流行みたいであつた。

「わたしは人に会ふのがきらひで、厭人主義とでもいふのでせうか、」

なぞと云つた。

「僕も余り好きではないが、そんな贅沢を云つてゐられる余裕はない。好き嫌ひを超越して必要とあればどんな人にでも会ふよ。それが又画家にとつて、いい勉強になるんぢやないのか、ものを云はない自然ばかりが画家を刺戟してくれるものでなく、人間からも大いに学ばなければいけないんぢやないか。」

そんな話をとり交して交はるやうになつてから、彼は屢々あそびにきて家庭のことも話すやうになつた。

彼の厭人主義は家庭の事情にあるらしかつた。母は芸者屋の養女であるが、何かに厳しい祖母さんがまだ頑張つてゐて母はまだなに一つ自由にならず、それだから一々祖母さんの許可を得なければ何も出来ないといふやうなことを語つた。しかし彼が人前に出ることを厭ふ理由は彼の父が誰であるかを判然と人に云ふことのできない境遇であつた。子供にとつて両親のいづれか一人でも、それが公然と人に語ることのできないといふことは悲しいことである。

漱石先生の場合はまた折角生れてきても末子で、両親にあまり重宝がられず、犬猫の子のやうに、あちこちと人手に渡るやうなことも悲しいことではあるが、客観的には生れながらにして父とか母とかが判然としないといふことの方が、たしかに深刻で悲劇的である。

漱石先生は世間からつむじ曲りの人のやうに思はれてゐた。つむじ曲りといふのは一種のスネ者で、人があゝだと云へばかうだといひ、世の中を白眼に見下し、正しい者は儂だけで邪悪な者は世間であるといふ考へ方、そこから人と世間を憎む厭人厭世主義のやうなものが出てくる。それを世間ではつむじ曲りと云ふのだ。しかし先生は人を愛することが好きだつた。長者や先輩に対してはどうか判らぬが、若いものやお弟子を可愛がられた。漱石山房に集つた常連は十人も二十人もかぞへることができたらう。それらの人々が誰も彼も先生の気風に合つたものばかりとも云へない。中には顔を顰めてきくやうな話をする人もあるだらうし、たまには耳を掩ひたいこともあつたらう。先生は酒呑みは嫌ひだと云はれたにもかかはらず、三重吉君のやうな酒癖の悪い人間でも、平気で愛してゐられるところは、厭人どころか愛人主義のごとくにも見られる。

三重吉君や森田君が酒の上では、先生のことを「儂達の親爺」とか「親分」とかいふやうな称呼を使つた。困つてゐるものに金を貸してやつたり、男女関係で面倒が起ると、仲に入つてさばいてやつたり、生活に困つてゐるものには、その人間相応な職を見つけて収入のあるやうにしてやると云つた風のところは、親分の称呼にふさはしい。

文壇人は知らないが、橋本関雪はわがままな男で、師匠の栖鳳さんとも喧嘩をして、弟子の方から絶交するといふやうな強気で、世間体も糞もなく我ままを押し切つた男だが、お弟子を教へたり世話をしたりすることも面倒だといふので、晩年お弟子は一人もなかつたといふことである。名声のある画家が地方へゆくと、近村から色んな人が用もないのに押しかけてくるものだ。画家にとつては迷惑なことで、たとへ退屈をしてぼんやり煙草をふかしてゐる時間があつても、何のゆかりもない地方行政の話や農作物のできふできを聞かされたり、焦点の外れてゐる書画談をされたりすることは、まことに我慢のならない苦痛なものであるが、それを一切しりぞけるほどの勇気もなく、世間なみにいい加減話を合はせてつき合つてゆくのが、人気を気にする画家商売の普通になつてゐるが、関雪はそんなものは一切しりぞけて、気ままな旅をやつてゐたさうである。家にくる面会人も多くは自分で会はなかつた。

名声が高くなり地位が確立すれば、安心して創作に没頭することができる。興味のない世間話をきいたり焦点のはづれた芸術談のおつき合なんか退屈なばかりでなんの意味もない。関雪は俗人からみれば我ままな男と云はれるだらうが、自己に忠実な男だつたのだ。もつと具体的にいふと彼の行為は自己の芸術に忠実だつたのだ。ある学者は世間と全く交渉を遮断して門をとざし、面会を絶つてわざ〳〵閉戸山人と号してた人もある。西田博士は書斎では一さい家人に口をきかないといふ掟をこさへてゐられたといふことだ。芸術家や学者や創作家が専門の仕事に忠実になればなるほど、対人関係が消極的になるのは止むを得ぬことであり、関雪のやうに対人関係を犠牲にして自己にたてこもる人間さへある。

漱石先生なんかは超然と書斎にとぢこもつて、李白の詩にある「余に問ふ何の意ぞ碧山に棲むと、笑つて答へず、心自ら閑なり、桃花流水杳然として去る、別に天地の人間に非ざるあり。」から云ふ境地に安んじてゐられるべき人のやうに思はれる。先生は多くのお弟子達にとりまかれて、雅俗とりどりの話に夜を更かされるやうなことも充分あり、菊五郎にも会はれれば、坑夫をやつてゐたといふ見知らぬ書生にも会はれるし、自殺をしたいといふ女性にも会つてゐられる。別段門をとざして超然とかまへて世間と交渉をたつといふ人ではなかつた。寧ろ反対に超然としてゐられる境遇でありながら、また、それが先生の理想でもあつたと思はれる。先生は別に天地の人間にあらざる世界に悠然としてゐたくつて、只の人間の世界で齷齪《あくせく》してゐられたのは面白い。厭人主義を脱却して愛人主義になられたものか、それとも最初から人を愛し又愛されることを渇望してゐられたのかも知れない。幼少からほんとの慈母の愛を知らずに育つてこられたのだから、自分では意識の表面に浮びあがつてこなかつたのかもしれないが、嬰児が母親の掌をしたふやうに、人の愛を渇望してゐられたものだらうか。自分に与へられなかつたものを、お弟子や若いものへ逆に与へようとされる行為が、即ち先生が閉戸山人にもなれず、「別に天地の人間に非ざる」天地にも住むことができずに、向ふ三軒両隣のある只の世界に住んで、平凡に朝に雅客を迎へ夕に俗客を送るといつたやうな、極めて普通の生活をされてゐたのも、全く人を愛する心から出たもののやうに解釈することができる。それと今一つは先生は現実の世界を甘くといふか、美しくといふか、余りに純粋に単純に見過してこられた。正であり善であり美であるものは、裏長屋の隅つこにころがしておいても、かならずや人が見つけ出して相当な価値を附与するものと思ひ込んでゐられた。ところが、現実の世のなかはどんなに正でも善でも美でも、誰も見出すものではない。正であればあるほど、善であればあるほど、美であればあるほど、人はふり向きもしない。ここに善があり、ここに美があるといふことを自らが声を大きくしてさし示さなければ、人々はそれに気付かない。そのためには群盲のなかへ飛び込んでこそ目的が達成される。書斎だけを自分唯一の天地と考へ込んで、そこから一歩も出なければ、正も善も美も比較的安々と製造はできるが、冷蔵庫にたくはへた氷のやうに一たん広い世間に抛げ出せば、またたくまに影も形もなくなつてしまふ。

そこに気づいた漱石は、ある人にあてた手紙の中で、「僕は一面に於て俳諧的文学に出入すると同時に、一面に於て死ぬか生きるか、命のやりとりをするやうな維新の志士の如き烈しい精神で文学をやつてみたい。」

今一つから云ふことも書いてある。

「世の中は自己の想像とは全く正反対の現象でうづまつてゐる。そこで吾人の世に立つ所はキタナイ者でも、不愉快なものでも、イヤナものでも一切避けぬ、否、進んで其の内へ飛び込まなければ何もできぬといふことである。」

漱石先生が厭人から愛人にかたむき、俳諧的文学から、命がけの文学へと移行して進まれるやうになつたことは、生れながらにして犬猫のやうに取扱はれた、その環境の悪条件に原因してゐるといふことが云へると思ふ。

人間の魂といふものは、生れたときは何色とも指摘できない無色のやうなものであらうと思はれる。人の生ひ立ちは様々な環境に支配されて成育し、魂も段々大きくなる——大きくなるのか強靱になるのか、それとも自覚の度合が次第にはつきりしてくるのか、其の辺はよく判らないが——に従つて覚醒するものだと云へる。それは兎も角も先生が大勢弟子達にとりまかれて、親爺と云はれたり、冗談にしろ或る時は、親分と云はれたりしたことのあるのは、ケチくさい文筆者の世界では風変りな現象だつた。

狂人といはれる漱石

漱石は『草枕』のなかで「智に働けば角がたつ、情に棹させば流される、意地を通せば窮屈だ、兎角この世は住みにくい」と云つてゐる。

漱石の頭の中には、智慧の引出しと感情の引出しと意志の引出しとが分類されてあつて、つねに整理されてゐる。これは智慧の引出しに仕まひ、これは意志の引出しへ片づけるべきもの、これは情操の引出しへ入れておくものと云つた工合に、いつでもそれが入みだれてゴッタにならぬやうに、それぞれの引出しに小さな紙片で印がつけられてある。だからこんど出すときにも智慧は智慧の引出しから、感情は感情の引出しから、意志は意志の引出しからといふ工合に必要に応じて出してくる。その出し入れの手さばきはまことにあざやかで、秩序整然とでも云ひたいほどである。それは漱石の天賦の頭のよさを示すもので、他人が真似のできないところなのだ。文学論とか老子の批評とかホイットマンの詩を論じたものとか、或る種の講演とかいふものによく現れてゐる。頭の中に分類されて引出しから順序よく、必要に応じてひきだす能力の働きは、知情意いづれの部類にも属してゐるものでなくて、寧ろそれらのものを統合統一する機能なのだから、その統合機能が上等でないと、個々の部分がいくら豊富に引出しにつめ込まれてあつても、一向にいい働きはしない。画家の頭は色と形と、部分と全体といふ客観的条件に統一を与へて、画竜して点睛たらしむるところにある。それをなしうるものは体勢のよしあしにある。智慧の引出しに沢山のものをつめ込むばかしで、適当にひき出すことを知らないものは辞典的存在となる。よしひき出すにしても、機に臨み変に応ずる手ぎはがなければならない。漱石は文学的製作にはあざやかにその手ぎはが反映してゐるが、一たび日常生活の上の実践——云ひ換れば、道徳的実践の場合に於ては知・情・意の押だし方がまづかつた。文学的製作は観念の産物だから、相手は御意のままにはこんだ。しかし道徳的実践の場面においては、相手も同様生きて、それ相応に持駒だけの知情意を働かせる動物なのだから、それがお互に交流し反射し摩擦する運動はよほど微妙で、間髪を入れるの余地はない。たとへば漱石が一つの文学的問題をまとめようとして、考へをその方に集中してゐる際、だしぬけに子供が「お父さん空気銃を買ふんだから銭をおくれよ」なんて云へば、整理だんすからひき出しつつある考へが中断される。中断されないためには相手を無視して、それには返事も与へないでどんどんはこんでゆく他ない。もし子供のいふことにも判断の糸口を見出さうとし、同時に文学的問題の進行をも中断されないとすれば、いきほひ頭の中に混乱が生じる。ラジオを聞きながら本を読まうとしても無駄なことである。伸六君が「子供のころ親爺につれられて縁日に出かけた時、空気銃屋の店さきでヤツテミロと云ふのだ。子供のことだから、まはり一ぱい人だかりがしてゐて気はづかしいから、モヂモヂしてゐたら、イキナリナグリヤガルンダ。人中でたまつたものぢやないよ。」さう云つて親爺の行為の異常であることを証明するかの如き口吻だつた。

　このやうなことは精神労働者には誰にだつてあることで、創作にあたまを悩ましてをるあひだは、机の前に座つてゐる時だけが仕事ではないので、眠つてゐる時間の他は殆どそのことが頭のなかを往来してゐる。表面に浮びあがるときもあり、又底の方に沈潜して、他の出来ごとにぶつかつても卒直にうけ入れて、それに判断を与へる余裕のあるときもある。しかしたまたま仕事のことが表面に浮びあがつてゐるとき、仕事になんのかかはりもない家庭的な些事にぶつかると、それに対して是非、善悪、可否の判断を思考するいとまがなく、つい面倒で突拍子もない言ひ方をしてしまふものだ。創作や芸術の制作される主体のこころの過程を自分で経験しない人々や、或は又家庭の人々にとつては、意外の感が起り、そのことが屢々くりかへされると、精神状態さへ疑ひたくなるのも無理でないと思はれる。私なぞ画をかいてゐるとき、家人がなにか家の用事で可否の判断を与へなければならぬ問題を持つてきたとき、何度「ネーネー」と云はれても全然返事をしないか、もしくは「馬鹿」と一言怒鳴る外に適当の方策はない場合が多い。第三者がもしこの状態を見てゐたら、「ヱカキといふものはなんていふ我儘な、非常識な動物なのか」と反感さへもたれるかも知れない。第三者でなくても頭のわるい細君なら、前哨戦だと誤解するかも知れない。

漱石先生が智慧の引出しや、情操の引出しや、意志の引出しを頭の中にこさへて、手ぎはよく必要に応じてひきだされるとは云ふが、そのひき出し方は主として創作や文芸に使用するときのことで、実践的な日常生活の上にまで及ばない。否、逆に制作の上での分類やひきだし方の手ぎはがよければよい程、日常生活の上ではトンチンカンに働いてくるのがあたりまへなんだ。漱石は昔こんなことを云つた。「オイツケンの精神生活、精神生活ていふが、いくらオイツケンでも飯も食ふし糞もひるから、寝てもさめても精神生活を実行するわけにゆくまい。」

漱石先生はよく、

「なんだつて世間の奴らは探偵みたいに儂の行動をかれこれいふんだ。小うるさい。漱石は今日はどこへ行つて何をしたなんて、しまひには箸のあげ下ろしまで監視するかも知れない。」

漱石は自由を愛した。自己の良心以外に自分の自由を束縛する権利のあるものはどこにもないと思つてゐた。漱石は嘗て「僕の作品は文壇といふ限られた狭い世界だけに読んでもらはうとは思つてゐない。もつと広い世間を相手に書いてゐるんだ」と言つた。その通り漱石は広い社会を対象として生きてゐた。褒めるのも貶すのも一般社会である。漱石が生きてゐると云ふことも一般社会のお蔭なのである。謂はば漱石は間接に社会によつて生きてられるのだ。こんなことは釈迦に説法で、漱石は百も二百も承知で、今更私なんかが彼これ云ふのもへんだが。

漱石は自己の良心の外に自由を拘束するものはない筈だと思つてゐられたが、社会によつて生きてゐる漱石は社会に対してそれだけの義務を負はなければならない。義務は決して自由でない。一種の税金みたやうなもので負担になる。金儲けだけして税を払はないのは一番気楽でいいんだが、漱石の自由といふのは責任を果すところに自由を主張する権利があり、義務を遂行しない自由は、一種のエゴイズムでしかないと主張されてゐるぐらいだから、社会人としての義務のあることも百も承知の筈なのだ。ところで先生の日常の行動を探偵のやうにかれこれいふのものは、主として新聞記者か雑誌記者なんだ。彼等は社会と漱石との連絡係なのだから、自分の行動を社会に知らせる意味で義務と考へてもいいと思ふ。ただ前にも云つたやうに、芸術家や制作家は第三者のうかがひしらない微妙なあたまの活動を妨げられる場合が多いので、無遠慮無作法になれてゐる人間が探偵視して、いやがつたのではないのか。

漱石の愛人主義がもつと徹底して自分達をとりまく弟子たちだけでなく、広い社会全般に及ぼすつもりになつてゐられれば、彼等へもまた愛憐の情をよせる気になり、従つて自分の些細な日常行為をとりあげられても、一々苦にはならなくなつたことだらう。

ついせき迫害

漱石の身辺には、いつもいたづらな悪魔が彼の行かうとするさき〳〵を追かけまはして、なにか脅迫がましいことをいふので、彼は一種神経衰弱症になやんでゐたといふのは、家人の観察なのである。

漱石が大学を出てまもないころ、眼を病んで駿河台の井上眼科にまいにち通つてゐられたころ、おなじやうに眼を病んだ一人の若い女性が通つてゐた。その女性は漱石の好きな型で、細おもての背のすらりとした美しい女だつたといふのだ。しかもその女性がものごしやはらかで人に親切で、勝手のわからぬ患者なぞは自分で手をひいて診察室へつれてゆく。その仕草が漱石の眼には大へんうつくしく見えた。そこで漱石はあんな人なら、自分の嫁にしてもいいがといふ気が起きて、それとなく素性をききあはせてみた。その母親といふのが芸者あがりで性がわるく、娘の出世を喰ひものにしようとするやうなことが分つたので、結婚ばなしは思ひとどまつた。ところが先方ではお寺の尼さん（漱石はその頃尼寺に下宿してゐた）を使つて、漱石の身分素行などさぐらせて、「そつちでほしいのなら、頭を下げてたのみにくるがいい」とかなんとか、尼さんの口から云はせたりした。漱石も意地つぱりだから「儂も男だ、さうのしかかつてこられるなら貰つてやらぬ」とか云つて、ものわかれになり、その揚句が松山おちとなつたといふのが奥さんの話なのだ。この話の真実性がどのへんにあるかは私なんかの知るところでないが、全然架空ごとではなささうである。

その後、漱石は帰省した折兄さんに向つて、「私のところへ縁談の申込みがあつたでせう」と質問を発してゐられるところ、この話を思ひ切つてしまはれた訳でもなく、先方から頭を下げてくればもらつてやる、もらつてもいい、もらひたいといふ気があつたらしい。かういふ点では我々平凡人と似通つたところがある。（仮定を事実として結論することは変だが、もしさうであつたとしたら、かうおもふ、——どちらも仮説である。）

漱石の負けじ魂といふか、意地つぱりの例に、有名になつてゐる話がある。大学の講壇で講義をしてゐたら、それをきいてゐる学生のなかに、只一人懐手をしたままで講義をきいてゐる学生が漱石の目にとまつた。漱石は少し語気を強くして、教師の講義をきくのに学生として、ふところ手をしてきく法はないとか云つて叱つた。学生は悄然として返事をしなかつた。すると側にゐた学生の友だちが「先生、あの人は手がないんです」と云つた。漱石は怒りを同情に転換しなければならなくなつた。すると漱石の口からは「僕はない智慧をしぼつて講義をつづけてゐる。君だつてない腕ぐらい出してくれてもいいぢやないか」と云はれた。漱石はここでは明白に負けた。それも対等での相撲でまけたのでなく、ほとんど一人相撲で負けた。そこで漱石は腕のない学生に肚のなかでは気の毒に思つてゐても、あんな洒落をとばして無理おしに勝つたことにしてしまつた。こんなところに、漱石の意地つぱりの面目が躍如として現はれてゐる。

あのころ漱石は塩原といふ幼いころの養ひ親――つまり養家さきの親爺――にやつてこられて悩まされてゐた。一応正式な手つづきで、若いころ夏目家に復帰されてゐるのだから、いはばアカの他人である塩原爺から今更とやかくいはれる義理合ひはないはづなのだが、急に先生が世間的に偉くなられたところから、人情をからめて持ち込めばなんとか金にならうといふ算段なんだから、先生にとつても難問題であるし、面白い問題でもある。たとへ縁はきれてゐても、かりの親とはいへ幼いとき五、六年も愛育されたといふことは事実、そして幼いころに愛撫された人間の魂といふものは、どんなに大きくなつても心のなかから拭ひ去ることは不可能である。六十になつても七十になつても、母をしたふ心は消えうせないのと同様に、何らかの形で人情が出てくる。それだから向ふもそれがつけ目であり、こつちもそれがよわみとなつて、いつまでもつきまとはれる。

たとへ小さな一つの粟粒でも、自分自身で蒔いた場合は、よしそれが孫子の代までもたちきれない絆《きづな》になつてくるしまなければならないとしても、それは自らが一生の重荷として背負ふほかにどうにもならないが、漱石の場合原因を作つたものは己でないのだから、漱石のこころの苦痛は渋面を作らざるを得ないし、ある場合には悪魔がつきまとつて追いかけまはすやうにも感じるのは止むを得ない。そこに人生の深刻さもあり、面白味もある。

わたしは痔の手術をしたあと、湯河原温泉が傷口の癒着をはやめるのにききめがあるといふので、そこへ二、三週間療養に出かけたことがある。Aといふ大きな宿屋で廊下づたひではあるが、一番奥まつた中二階の離座敷のやうになつてゐる部屋を与へてくれた。鉤の手になつた縁側に出ると、一方は山の崖で葛かづら菁莪が生ひ茂つてをり、一方は広々とした庭が見下ろされた。部屋は座敷と次の間があつて、近くには客室もなく帳場や台所はどこにあるのか、わからぬぐらい離れてゐた。

わたしは手術後で多少衰弱してゐたが、本を読んだり、繃帯をとりかへたり、湯につかつたりするのが仕事で、日を送つてゐた。ある晩人々が寝しづまつてあたりがシンとしてから——私は布団の上に横たはつて、眼だけパチ〳〵なにごとか漠然と考へてゐると、廊下を踏むために板と板とが摩擦するミシ〳〵といふ音がする。変だな、今ころ人がやつてくるはづもない訳だが、しかしあの音はたしかに人のくる気配にまちがひないと思ひながら、息をこらして耳をすませてゐると、その音は次第にこつちに近づいてきた。やがて部屋に近い階段を踏むやうな音にかはつた。(階段を二つぐらい上るとすぐ私の部屋の廊下につながつてゐる。そして、そこに次の間の障子が締めきつてあつた。わたしは障子の方をすそにして布団のうへにねてゐた。)たしかに人間が廊下まできたんだが、なんとも声もかけなければ障子もあけようとしない。この夜更けに番頭や女中のくる筈もなく、こちらから「どなた」とか「誰だ」とか云ふべきところだが、わたしの心はもう萎縮してしまつて、泥棒に入られたときの心がまへ、ベルはどこにあるとか鞄はどこにあるとか、ねたふりをしてゐるか、起きてゐることを知らすべきか、そんなことを頻りに考へ出した。わたしの鞄には恰度Mデパートの美術部から展覧会の売上の精算が銀行為替で届いてゐた。それが旅の鞄の内かくしに入れてあつた。

「はあ、泥棒は自分のところへ為替のきたことを知つてゐるんだ、これを取るつもりだ、困つたなあ声を出しても帳場は遠いし、ベルを押してもこんな夜中に果して番頭か女中がきてくれるものやら――」

そんなことを考へながらちぢこまつてゐると、音もなく障子が二寸ばかりスーッとあいた。電灯の光が奥座敷の方からこちらへ流れ込んではゐるが、障子のところは襖の影になつて判然とはしない。わたしは視線を天井から障子の開いた方へ角度をかへた。すると、二寸ばかし開いた障子のすきまから、人間の目らしいものがこちらを覗いてゐることが分つた。そこでわたくしは思はず咳払ひをした。すると二寸ばかりの障子のすきまが又もと通りにスーッとしまつて、廊下を踏むらしいギイ〳〵といふ音がだん〳〵遠くへ行つて消えてしまつた。

その夜は同じやうなことが一時間程のちにもくりかへされた。

わたしは其の夜、この不可思議な足音におびえてまんじりともせず、夜のあけるのを待ちかね、ベルを押し番頭さんを呼んで事情をはなし、不可思議な足音のなんであるかの解答をもとめたが要領を得なかつた。

「多分お客さまが酔つておかへりになつて、部屋をおまちがへになつたのでございませう。」

と、もみ手をしながら、何ら疑問をも考へてみようともしなかつた。わたしは腑におちないながら、宿の信用にもかかはることを思つて、番頭がおどろいて、警察へ持ち出すことを相談するぐらいに考へてゐたこころもしよげて、番頭と別れてしまつた。そのあくる晩も同じことがくりかへされた。わたしはすつかりクサつてしまつた。部屋を出て風呂場へ行くときも、下駄をつつかけて外へ散歩に出るときも、鞄から紙入れをとり出し懐の奥深くしまひこんで、いつも神経をそこに集中してゐた。わたしが外へ出る、どこかで私を見張つてゐて、行く先き先きへ部屋を覗きにきた男がついてくるやうに思へて仕方がなかつた。

わたしは東京へ電報をうつて家内に迎へにきてもらつて、そこ〳〵に東京へ帰つてしまつた。しかしわたしが東京へ帰る汽車の中にも、その男がのり込んで一緒に東京へくるやうに思へた。そして無事に東京へ帰り自宅に落ちつくと、不安感は一たん消え去つてしまつた。然し翌日は新宿に出て、例の為替をとるため銀行に行くと、不安な気持が一層強く甦へつてきた。今日こそは儂の金を奪ふ男がどこかであらはれるにちがひないと思ひつづけ、なるだけ人混みを足早に歩き、早々に省線に乗つて家に帰り、ほつとむねをなでおろした。

私自身はこの状態はあたりまへのことだと思つてゐる。原因に対して、不安な気持になることも、誰かが自分のふところをねらつて、どこまでも追跡してくると考へることも、かう云ふ原因にぶつかれば誰でもがさうならざるを得ないことで、異常とも神経衰弱症のあらはれともなんとも思つてゐない。しかし医者に言はしめれば、それが追跡観念症の初期の傾向で、もう一、二度同様の衝撃をうければ、本式の追跡観念症になるといふのかもしれない。

漱石先生の原因はもつと深刻なものだから、本筋の原因以外のことにぶつかられても、同じやうな気持が時によつては出てくるかも知れない。それが病的かどうかは医者の云ふところで、私らには分らないが、いい画家はどんな自然にぶつかつても、画にしようと思へば画になる。素人が見て、こんなところと思ふやうな庭の一隅だつて画になる。精神病科のお医者さんていふのは、人間さへ見ればどんな人間からでも病的なものを発見して、勝手な病名がいくらも創作できるのではないのか。無異常者と異常者との限界といふのが、明確に一線を劃されてゐるものか疑問だ。芸術家や文学者といふものは、優れた作品をこさへる人であればあるほど、医者からはいろんな病名が沢山生れてきさうだ。

木屋町の漱石

漱石は一月十三日にはじめた随筆『硝子戸の中』を二月二十三日に筆を擱いてほつとした。津田は秋の展覧会のため――といふよりも今年は専ら画の仕事に没頭していい製作をしたいものだと、年のあらたまる最初からあたまの中に計画をたててゐた。それでほぼ京都の郊外桃山に景勝の土地のあることを思つて、そこへ出掛けようと考へてゐた。漱石は仕事のあとの骨やすめにどこかに出かけたいと思ひ、津田は仕事のために行くさきを考へてゐた。

津田は東京にゐると毎日襤褸屑のやうな仕事に追かけまはされて、本格的な仕事は少しもできず、その上妻との感情のくひちがひで、いやなごたごたが絶えることなく、泣いたりわめいたり、それに対抗する気持を押へつけて仕事をはかどらせようとする。その苦しい自分の気持が自分で腹だたしくなり、どんな場合にも浮かぬ顔でペンを走らせたり、絵の具をといたりして生活費を稼がうとするが、それすら抛げやりなこころで、ついぞ良心の満足がゆくまでやりとげたことは只一ぺんもなく、そのこと自身が彼の不愉快に上塗りをするやうな結果になつて、とてもやりきれないいら〳〵した絶望的な日がつづいた。しかし津田はこの宿命的な絶望を自力で転換することに頭をなやました結果が、旅に出ることだつた。アトリヱを持たぬ彼には、都会をはなれれば画をかく環境は至るところにある。只金がかからなくて落ちつける条件さへ見つかれば、彼はどこへでも行く気だつた。去年は瀬戸内海のある小さな漁村に漁師の納屋をかりて、真夏の二月を制作に没頭した。だん〳〵畑を登つて上から見下ろすと、漁村の屋根と海とは灼熱する太陽のひかりにてりつけられて碧くギラ〳〵ひかつた。津田はこの傾向はぴつたりしなかつた。そこで彼は山中を択んで季節も春に出かけることにした。

秀吉の築城した桃山殿旧跡が礎石一つさへなく、茫々として草の生ひしげるにまかせ、ときをり兵隊がきて掩兵壕を掘つたあとが凸凹したままで、ひるまさへ通る人もないやうな千畳敷跡の空地から、ほど遠くない峠の一角につき出た屋根の一部なのだ。遠望すれば遥かに宇治川が蜿蜒と流れ、朝日山が霞の中に頂をあらはし、左には小栗栖村や山科村が、起伏する山のあひだから藪影に見られる。近くには老木の多い梅屋敷があり、そこを横ぎれば高泉和尚の開基になる仏国寺がある。津田はかうした環境のところへ一軒の家を見つけて、妻と赤ん坊と乳母車まで用意して、一時そこに居をうつした。

漱石からある日手紙がきた。

御安着の由結構です。僕も遊びに行きたくなつた。小説は四月一日頃から書き出せばどうにか間に合ふらしいのです。夫で其の前なら少しはひまも出来ると思ひますが、是非行くとまでは決心もしてゐませんが、大分心は動いてゐるのです。然し行くとすれば矢張り京都のどこかへ宿をとつて、さうして君の宅へ遊びにでも出掛ける訳になるでせうか。そんな点について、もし君の心に余裕があるなら注意してくれませんか。僕は京都に少々知人があるが、大学の人などに挨拶に廻るのも面倒だから、人に知られないで呑気に遊びたいのです。其辺はお含みを願ひたいのです。まだはつきりともしないのに、既に取極めたやうな事をいつて自分でも変です。画を見てもらふ人がゐなくなつたので、少々困つてゐます。

以上

津田は早速京都に出かけてゆき母に相談した。普通の宿屋ではさわがしいし、殺風景でおもしろくないから、木屋町に知つてゐるうちがあるから、そのことをよく話しておく、それにお内儀さんが少しは普通の人とちがつて、さういふ人は好きな方だからいいだらうと云ふので、宿のことは母にたのんだ。そして津田は先生のこられるのが実現することをたのしみにして待つた。

老妓金ちゃん

多佳女　金之助　お君さん

朝の食事が終ると、もう十時はすぎてゐた。ここの宿は夜と昼とが顛倒してゐる。夜は十二時が過ぎ一時や二時になつても不思議ではないが、ただのお客がきて八時や九時頃のこのこ起きてこられると、女中の睡眠時間はなくなつてしまふ。

お梅さんはお給仕をしながら先生とこんな会話をやつてゐた。

梅「お内儀はまだ寝ておいやす。」

漱「どうして、体の工合でも悪いのかい、」

梅「いいえ、いつでもどすわ。」

漱「寝坊だね。」

梅「まだお早いどすわ、お起きやすのは十一時過ぎどすわ。」

漱「フン……」

梅「そのかはり夜はいつまでもおきといやすさかいに。」

漱「ぢや君もさうなんだね。」

梅「なれこどすさかい。」

漱「ぢや朝は我まんして十一時頃まで寝てゐなければお梅さんに気の毒だねえ。」

高瀬川と加茂川にはさまれたこの一角の世界は、「別に天地の人間に非ざるあり」の感が多い。昼間は森閑として地の底にゐるやうだ。

廻り縁の角のところへ鏡台を持ち出して漱石先生は髯を剃つてゐられる。津田は座敷で新聞を読んでゐた。そこへお梅さんが、

「お多佳さんがお出でやしたわ、津田さん。」

津田は先生の方へ、

「お多佳さん御存知なんですか、先生。」

「お多佳さんて言ふとあの文学芸者かい――Sさんが知つてゐるんで、漱石が京都へ行くとでも言つてやつたんだらう、津田君も知つてゐるのか、」

「ええ知つてます。通しますか、」

「うん……」

お梅さんは階段をとん〳〵下りて行つたが、やがてお多佳さんを案内してきた。

「ああ津田さんどすか、しばらくどしたお珍らしいどすわ。」

お多佳さんはさう言つてすぐに先生の方へ目をやつた。

漱石先生は髯をそりながら、鏡にうつるお多佳さんの横向きの姿を眺めてゐられた。

津田はいつとはなしに多佳女とは知り合だつた。狭い京の町では文学者や画家や俳人といふ社会の人間の行くところには、彼女も顔を出すことが多いので自然と知り会ひになつてゐた。津田が個人的につき合つたのは日露戦争の始つたころで、彼女はある土木業者にひかされて、岡崎町のあたり白川の流に沿つた東山が手のとどくところに、舟板塀の家をこさへてもらつて住んだ。恰度その頃津田は兵役を終へて住んだ家が彼女の舟板塀の目と鼻の間にあつた。それで自然と遊びにゆくやうなこともあつた。でもその頃の津田は彼女から言へばまだ子供であり、本当の彼女の遊び友達は、津田の先生に当る浅井忠とか中沢博士とか池辺とかいふやうな大人の風流人だつた。彼女は舟板塀の主人公にはふさはしからぬ器量で白粉気も何もなく、木綿着で立ち働いてゐれば婆やと見まがふ程であつた。その代り彼女には他の芸者衆の持つてゐない趣味と思想があつた。彼女はお寺好きだつた、と言つても本願寺とか知恩院といふ信心を対象とするお寺参りではなく、西芳寺の庭がいいとか光悦寺は高峰が紅葉の間から見られて画の様だとか、詩仙堂はソーズ（かけひ）の音が閑寂でたまらないとか、言はば閑寂な景勝地としての埋れたる寺や祠やが好きだつた。その上俳句を語り古美術を談じたりするので、器量よりも話相手の芸者として、金のない文人・画人・風流人に知己が多かつた。そして又彼女は河東節・一中節といふ古典音曲が得意だつたので、趣味のない金で遊ぶ商人や相場師なぞには向かなかつた。浅井忠氏が彼女の舟板塀に屢々出入したのも他ではきかれない一中節や河東節を聞く為の様だつた。

多「夏目さん、えらい粋なとこへおこしやしたなあ。」

漱「津田君が世話してくれたんだ。」

多「津田さんえらいわ、ええとこ知つといやすなあ。」

津「兄と母が相談してきめてくれたのです。」

多「ああさうどすか、西川さんしばらく逢ひまへんなあ。」

漱「お多佳さんへ僕のことはSさんが知らしてよこしたんでせう。」

多「ええ、Sさんええお人どすな。あの方東京へゆかはりまして寂しおすわ。おとなしいええお方どすえな。」

お梅さんが階段をあがつてやつてきた。

「お多佳さん一寸」さう言つてお梅さんは彼女の顔の側でささやいた。

「金之助さんとお君さんとがお出でやしたのどすえ。」

お多佳さんは「ああさうどすか」と言つて、お梅さんと一緒に階段を下りて行つたが、しばらくして座敷へ房つてきた。

漱石はいつか髯をそり了つて床の前に座つて新聞を眺めてゐた。彼女は漱石へとも津田ともつかぬやうに、

「どうしまひよう、津田はん、金之助さんとお君さんがお出でやしたのやわ――一寸でもええから先生に会はしてほしいていはははりますのや、お顔をおがませてもらふだけでだんない。もしそれもおいやだつたら短冊を持つてきたさかい、発句でも何でも結構やさかい、一寸筆よごしをしてほしいて言つてやはりますのや――どうしまひよう、」

彼女は津田と先生と双方へ眼をくばつて、哀願するやうにつぶやいた。

漱石先生が、

「何だ、その人は――男か女か、」

「おなごはんどすわ、いやらしい先生――お君さんていふ人は金光教の信者で、とても真面目なお方どすわ、もうひかされてうちをもつてゐやはりますの。金之助さんはまだ出てゐやはりますが剽軽なお方ですえ、大の漱石先生通どすわ、芸子はんでもあんな人おへんわ。」

彼女は漱石先生が気むづかし屋で芸者風情はよせつけない人のやうな気がして、自分の他に又二人もの女性のくることに気をもんでゐるらしかつた。

漱石先生は戯談半分に、

「美人ならいいぢやないか。」

多佳女はほつとした面もちで、

「ああよかつた、二人ともよろこばはりますわ。」

さう言つて梯子段をふみならして玄関へ出て行つた。やがて多佳女の後について問題の二人が現はれた。

金之助君は年増だが色白で風雅なおかめの面の感じだが、愛嬌者で明るい感じの女だつた。顔中に笑ひを浮べて、つくづく先生の顔を見あげながら、多佳女とお君さんの方へ少し声を低くし、

「お多佳さん、このお方が漱石先生どすか――異人はんみたいどすな、親切な異人はんみたいどすわ。わたしはほんまに会へなかつたら襖のすき間からでも、おがませて頂かうと思つたんどす。お君さんと、さう言ふて相談してたんどす。」

漱石先生は耳なれない会話を聞き乍ら明るく、ニコ〳〵してゐられた。

お君さんが、

「嬉しいわ、わたい、あはしてもらへへんかと思つて玄関で胸がドキ〳〵してたんやわ、夢みたいやわ、嬉しいわ。」

お君さんは背がすらりとして中肉で三人の中では一番器量はよかつた。三人の中だけでなく恐らくどこに出してもまけないと思はれる程だつた。その上無駄口をきかないので、どうかすれば素人にも見まがう程の上品さはあつた。しかし金之助君もお君さんも感激性は強かつた。

彼女はうその多い花柳社会が不満で金光教の信者となり、旦那をもつて高台寺辺に質粗な待合をしてゐたが、のちにそれもいやになり旦那と手を切つて、家財道具一切を持ちこんで教会に住み込み、新参の信者の指導役として、一生涯を神様につかへ若くて世を去つた純情に溢れた女性だつた。

津田兄弟

漱石先生は退屈すると一草亭のくるのを心待ちにしてゐられた。彼がくる時は必ず二、三の軸物をかかへてやつてきた。彼はお花の稽古のあひま〳〵にここにきて、漱石先生や津田と書画を品評し、一般芸術論をたたかはすことが楽しみだつたのだ。彼の行くさきざきは金持ちや旧家が多くあつたが、大低は奥さんやお嬢さんを相手とするので、彼がつねづね抱懐してゐる美術や芸術論を持ち出しても一人相撲で議論にはならず、彼は自分の所信を披露して相応な反応のある相手を求めてゐた。漱石先生はさういふ彼には不足のない相手だつたが、先生の方では議論の根拠に体系的なものを持たない彼の議論を、最後までつきつめるやうなことをしないで、寧ろ熱心な素人論議を退屈しのぎにかるくあしらつてゐられた。

漱石先生が昨日の様に朝餉を了へると、縁側に出て硝子戸ごしの春日を浴びながら髯を剃り、それが了ると津田を相手に眼の前に蜿蜒とつらなる東山を話題にして、

「東山は画になるかい、」

「東山は画になりにくいですね。洋画にしろ南画にしろ、一寸困りますね。何しろ焦点がないですよ。でくの坊みたいでつらまへどころがないんですもの。」

「さうだなあ、でくの坊山か――」

「東山ていふと馬鹿に連想はいいんですが、画で表現するよりも文章とか詩で現はすのに、都合がいいんぢやないですか、」

「うん、右手の下の方に大きな屋根の見えるのはありや寺かねえ。」

「ありや多分知恩院でせう。」

「そのズーッと右の画のやうな塔が見えるね。」

「ありや八坂の塔です。」

「それから右に山へ登る道があつて、ズーッと高い所にこんもりした樹の茂つたのは。」

「あすこは多分霊山とか言ふんでせう。あすこに明治維新の時に働いて斃れた志士の墓があるんですよ。私はまだ登つたことがないんですよ。その右に家屋が点々と見えるのは清水寺でせう。一度風のない日にあの辺を歩いてみませうか。もう少しすると桜が咲くし、清水をうらの方に出て山伝ひに鳥辺山へゆくみちは、いい道ですね。道行きには理想的ですね。」

「女はだには白むくや――か。」

先生は独言の様に、そんなことを言った。

先生はそれから、

「今日は画でも描いてみようか。君、筆洗や硯を心配してくれんか。」

さう言はれて津田が下へ行き、お内儀さんと相談をして座敷へ帰つてくると、お梅さんが、

「西川さんがお越しやした。」

と通告してきた。先生が床の前にキチンと座り直されると、もう一草亭はせか〳〵と梯子段を上つて座敷に現はれた。彼は漱石先生とは初対面だつたので津田が紹介して一応の挨拶を取りかはすと、先生が、

「西川さんはおいそがしいんですか。」

「いやいそがしいつていふ訳でもないんですが、内の稽古日と外の稽古日と両方ありますので――内の日は一日中だらだらこられるので、体を縛られてしまひまして、ぼんやりしてゐる時間があつても外へ出ることができません。あんまりこないからもうええかと思つて一寸外へ出ると、相憎やつてこられて母に急に出さきへ迎ひにきてもらつたりせんならんので――」

「さうですか、そりや窮屈だな。」

「その段出稽古の方はこつちから行くんですから、順序さへ上手に立てておけばどん〳〵運ぶんですけど、大阪や芦屋あたりまでゆくものですから、早くすんで帰つてきてすつかり疲れてしまひます。本を読んだり画をかいたりする時間が仲々ありません。本の方はまだ電車の中で読めますが、画を描く時間がなくて――月に二日程は全く商売を休んで画をかくことにしてますが、たつた二日位だと、あれも描きたい、これも描きたい――で気がイラ〳〵して、落着いたものがかけぬのが仕様がありません。」

「西川さんはそんなに画が好きですか、」

一草亭は早口に思つてゐることを成るたけ多く漱石先生に語らうとした。津田が、

「兄貴の画好きは私よりも猛烈かも知れません。私はとも角専門的にやつてゐるんだから、やりさへすれば自由に思ふことが描けるやうな気がしてゐるんでせうよ、そこが他人の女房がよく見えるのと一緒で、人の職業は楽なやうに見えるんでせう。」

漱「儂なんかも西川さん流だよ。」

漱「西川さんの流儀は何といふんですか、」

一「去風流といふんです。投入れです。」

漱「お花のことなんか聞いたつて何も知らないんだが、投入れていふと――」

一「つまり枝を不自然に手さきでまげたり、いろんな道具を使つて天地人とかなんとか面倒な法則に合はせて生ける流儀が普通なのですが、投入れは自然の姿をあまりこはさないやうにして、しかも一瓶のうちに無駄のものがないやうに鋏を入れるんです。親爺の代にはまだ流儀花にとらはれてゐましたが、私になつてから大分勝手なことをやり出して改良しました。」

漱「御弟子は沢山ありますか、」

一「沢山ありますが、お茶とかお花とかいひますと、閑のある奥さんとか、お嫁入り前のお嬢さんがお嫁入の時のたしなみとして習はれる程度で、張り合ひがないんです。私の代になつてから、浅井先生とか高安月郊さんとか幸田露伴さんとか言ふ方々が、多少お弟子にありますので幾分楽しみですが、お花もお嫁入の道具でなくつて、知識階級の人々が情操を涵養する為とか芸術的感情の訓練の為にとかといふ意味で——知識階級の人が面白がつてやつてくれるものにしたいと思つてゐます。」

漱「そりや面白いですね。」

一「先生も一つおやりになりませんか、」

漱「いや僕はまだそんな余裕がない、それにずるいんだから人に生けてもらつて楽しむ方だ。西川さん一つお暇な時ここへ生けて下さい。」

一「先生なんかおやりになられれば、きつと面白くお感じになると思ふんですが。」

漱「だつて僕は貧乏人だから花生とかなんとか言ふ材料が第一ないよ――西川さんの家ではお茶も教へるんですか、」

一「私はお茶は教へません、親爺はやつてましたが。お茶はすつかり和光同塵といふ利休本来の精神はなくなつて、お金持同士の交際機関とか、高価な道具の自慢の仕合ひのやうなものに堕落してます。侘びもさびも簡素も何もあつたものぢやありません。」

漱「君の親爺さんは源兵衛て言ふんださうですね。津田君に聞いたんだ――このあひだ津田君と源兵衛ていふところを散歩して――」

一「はあ――先祖がお花の師匠だけでは食へぬといふので、おもてでは切花を売つて、それで生計を立てるやうにやつたのが始めらしいんです。だから花を買ひにくる人は花源さん〳〵て言ふんですよ、一度先生うちへいらして下さいませんか。茶席の気分を一度味はつて御覧になつてはいかがです。先祖からの家はせまいものですから、稽古場は別になつてまして、そこには茶席があつて一寸――町なかですが面白い家です。」

漱「いつか行きませう。」

漱「西川さん、お花も見せてほしいが、面白い画とか字とか持つてきて見せて下さい。」

一「先生はどんな画がお好きなんですか、」

一草亭は漱石先生の書画に対する趣味がどの辺にあるのか、又好き嫌ひがどのぐらひにはつきりとしてゐるのか、全然判らなかつた。

漱「なんでも結構です、西川さんがいいと思はれたものなら――」

一「さうなるとむつかしいですな。大体どんなところなんでせう。四条派と南画とどちらがお好きですか、」

津田が横合から口を出して、

津「先生は南画の方がお好きなんでせう。竹田とか大雅とか言つたものだ。」

一「ああさうですか。」

津「西川さんはどちらが好きなんです。私も見るのは何でも好きですが、自分で描くとなると竹田の様な稚拙なものはやる気がしません。蕪村とか呉春とかいふものをまねたくなります。先生は栖鳳と大観はどちらがお好きなのです、」

漱「まるで違ふね、栖鳳は待合向きの画ですよ。大観は知識人向きですよ。」

一「栖鳳は技術は上手です。私も若いころは馬鹿にしてゐましたが、矢張りああいふ技術は人が真似ができない立派なものですね。」

漱「手ぎはいいかも知れんが、第一品格が乏しいので、」

津「手ぎはばかりに頭が集中してゐるので懐疑がないのでせう。そこに我々はもの足りなさを感ずるし、待合向きになる原因があるんぢやないですか、」

一「懐疑がないといふとどうなるのかなあ――画の上では、」

津「疑問がなさ過ぎるんですよ。画といふものの現はし方は、これに限る、これに決つたものだ――といふ態度で何の苦悶もなくさら〳〵進行してゐるから、幅が狭くなつて余韻がないんですよ。例へば先生の画になると疑問があり過ぎるんだ。」

津「先生どうです。」

漱「なんだ、儂の画なんか比較に出さなくつたつていいぢやないか。」

津「先生の画を比較に出しては失礼かも知れぬが、僕の画に代へてもいいです。僕の画のヂヂムサイのはつまり懐疑的なのだ。ヂヂムサイのは芸術的の要素でないと先生に叱られたんだが、ヂヂムサイのは美の要素でないかも知れませんが、懐疑は美の山頂へ登らないで始めから、こうあるべきだと所謂栖鳳式になると、美の山のスソの方で我慢する結果が待合風になるんぢやないですか、先生どうです、」

漱「僕は懐疑派まで行かないんだ、暗中模索派だよ。」

先生と津田の問答があまり理屈ぜめなので、一草亭は少しいら〳〵した気分で津田へ、

一「津田の画は駄目ですよ。あんなに隅から隅まで描きなぐつて、画の面白味はちつともないぢやありませんか。画はできるだけ筆を省略して、それで相手のものが直ちに迫つて現はれてゐるのが面白いのであつて、津田の様に、何でもかんでもあるだけ描こうとなると、画でなくなつてきますよ。」

津「兄貴は短気で技巧が達者だから、そんなことが言へるんだが、僕なんかは凡愚でさきが見えず、馬鹿正直にやつてみて突き当らなければ判らないんだから、自然と考へ方も岐れてくるんでせう。」

一「それよりも栖鳳と大観と比較して栖鳳が商人向きで大観が学者向きつて先生はおつしやられ

ましたが、学者が持つてゐる美術品への感情て言ひますか感受性て言ひますか、私は学者だからつて商売人よりも確かだとは思ひませんね、寧ろ商売人の方がしつかりしてゐて、学者の方がたよりないんぢやないんですか、」

漱石はあくびをした。そしてあくびをした口で、

「西川さん、理屈はその辺にしておいて面白い画を見せて下さいな。」

「ハ、承知致しました。先生、筆洗や硯がでてをりますが、何かおかきになりますんですか、」

「津田君に教はつたいたづらをやらうと思つて――」

「私も画帖か紙を持つてまゐりますから、是非お願ひ致します。」

「西川さん、あなたの画も一つ見せて下さい。」

お梅さんが上つてきてどびんの茶を入れかへてくれた。そして菓子鉢に盛つた名物の月餅を置いて行つた。最初に手を出してそれをつまんだのは津田だつた。

お内儀さんとお梅さん

その翌日も一草亭は朝からせか〳〵とやつてきた。そして温室で育てた寒牡丹を籠に生けて帰つて行つた。

午後から漱石先生は津田を相手に画を描かれた。短冊や色紙や画仙紙は、一草亭の持ち込んだものやをんな連のおいていつたもので間に合つた。

「津田君、ハンコがあるとうつりがいいんだが、赤い印がないと、さみしいね。」

そんなことを言はれたので、津田は寺町まで出かけて行つて三ツ四ツの印材を買つてきた。それは安ものの蠟石で、只四角や長方形に石を切つた丈でなんらの飾り気もないものだつた。

「先生、こんな安ものの印材を買つてきたんですが、只旅さきで臨時にお使ひになるだけなら、これに私が彫りませう。」

さう言つて津田はお梅さんから錐をかりて先生の画を描いてゐられる傍で彫つた。お梅さんやお内儀さんがちょい〳〵現はれては二、三十分づつ話して行つた。
お内儀「まあ御器用どすなあ、夏目さんは絵もお描きやすのどすか、」
先生も津田も苦笑して答へなかつた。
「お梅、一寸見てごらん。これは家どすやらう。このちよぼ〳〵したのはなにえ、ああ分つた。これは薮やらう。これなんやらう、石やろうか、人らしいわ、お坊さんやらう、おつむがまるいよつて――」
漱石先生は只クス〳〵笑つた。津田はどう言つて取り合つていいのか、言ひ出しやうがなかつた。
お内儀「津田さんは桃山とかにおいでやすのどすか、どの辺です、」
津「大亀谷て言つて墨染から廿町ほど山のなかへ入つた峠のそばです。そこから下りると小栗栖の方や醍醐の方へ行けるんです。」
梅「不便どすやろうなあ。」
お内儀「そこに奥さんもお子さんもおいやすのどすか、」
津「ええ東京の真中より画かきはさういふ不便でも景色のいいところがいいんですよ。」
お内儀「そんなとこにうちがようありましたな。」

津「物好きな人があつて、そんな山の中に貸家を二、三軒建てて大自慢なんだが、そんな不便なところ誰も借り手はないですよ。」
お内儀「それぢや津田さんお留守だつたら奥さんお一人だけどすか、」
津「もう一軒女世帯の人が少々はなれた処に住んでますが、展望が広くつて下の方に村や町が見えるから、却つて寂しくないでせう。只風呂がないから困るんですが。」
お内儀「お風呂はどうおしやす。」
津「乳母車に赤ん坊をのつけて墨染の風呂屋まで行くんです。行きは下り坂だからいいんですが、帰りは登りだから大変ですよ。しかし景色はいいですよ。今梅林の梅が真つさかりで、頬白といふ鳥が沢山、面白い唄をうたつてますよ。あの辺は梅林の中に独活《うど》を作るんですね。赤土の土饅頭が梅林の中に、あつちこつちにあつて、つくしやたんぽぽが足の下に咲いて、いい気持だから、煙草を吸ひ乍ら一寸外を歩いても、しらない内に遠くまで歩いてしまつてゐるんですよ。お寺があつたり、お墓があつたり、太閤さんの桃山御殿の跡があつたりしていいところですよ。先生一度お出でになりませんか、」
漱「君の話を聞いてゐると行つてみたくなるね。」
津「私の話よりも実際はもつといいんですよ、古戦場もあつちこつちにあります。小栗栖て言ふのは、明智光秀が土民に竹槍で刺し殺されたところだし、醍醐は秀吉が花見をした寺があるし、宇治の方へ出れば黄檗山があります。あの寺は隠元だか木庵かどつちがこさへたのか知りませんが、ほんとの支那式でいい寺ですね。ああ、あすこに普茶料理を喰はせるところがあります。そこで昼飯を食つて宇治へ出ませうか。宇治では有名な宇治橋の断碑のある興福寺を見て、舟で対岸に渡つて花屋敷に一服させてもらつて——行きませう。先生前日の午後から出かけて私のところで一晩泊つて頂いて、翌日宇治の方へ行きませう。」

漱「うん行かう、馬鹿に楽しさうだね。」

津「さうなれば私は一度帰つてきてお迎へにあがりますから。」

梅「ああブーがなつたわ、もうお昼やわ。」

お内儀「早いこと、何かおあがりやすか、」

津「今、朝御飯すましたばかりぢやないか、先生お昼何かあがりますか、今喰つたばかりでは、紅茶にパンでも一切位あがればいいでせう、」

漱「ウン。それがいいなあ。オイ津田君、僕の傑作見てくれ、大分出きたよ。又お内儀さんやお梅さんに、ひやかされるが、どうだ懐疑派の本領を益々発揮して、雲か山か坊主だか石だか、不可思議なものがゾク〳〵製造されるよ。印を捺すと赤いものがあるんで画をひきたたせるね。」

津「お内儀さん、一寸見てごらん。ダンノさんの門がいつの間にか開いてゐるよ。あれをあけるとき見た者はその日幸福があるつていふことぢやないの――」

お内儀「さうどすか、誰がそんなことお言ひやした、」

津「金之助さんだか、お多佳さんだつたか、」

お内儀「知りまへんわ、私なんか寝坊どすさかい。」

どこからともなく、のどかな物売りの声が聞える。

ハシゴヤ――クラカケ――イリマヘンカ――オバハン、ハシゴヤ、クラカケイランカ、コオテーナ安ウシテオクヨツテ、イランカ、

畑《ハタ》の媼《ウバ》の声である。川端ではいつものやうに牛車がのろ〳〵と柳の下を歩いてゐる。

お内儀「お梅、どこぞでパンのええのとつといなはい。お紅茶はあるよつて。」

梅「三条の明治屋さんにええのがありますわ。」

お内儀「さうか、そんなら、それをとつといなはい。ああ牡丹の花綺麗どすな、これ西川さんお生けやしたんどすか、西川さんのお花はよろしおすなあ。」

お内儀さんもお梅さんも座敷から下りて行つた。後は又漱石先生と津田と二人になつて、漱石

先生の画の品評をした。

お内儀さんは西園寺公の親戚にあたる〇〇富豪のお妾さんとか何とか言ふ噂だが、はつきりしたことは誰の口からも聞くことができない。お梅さんは鼻の低いのが玉にキズだが、三日目位にはみず〳〵しい丸髷に結つて、寧ろここのお内儀さんかと思はれる位で、田舎出の飯焚き婆さんを下廻りに使ひ、お座敷へのお運びはこれも田舎くさい下女を一人使ひ、万事お座敷の方は自分で凡てをやつてゐた。お内儀さんは余りお座敷へは出ず、たまに玄関などで顔を見ても、素人家のお内儀さんと何等変るところのない質素な服装《みなり》の人だつた。

午後になると一草亭が二、三の幅を持つてやつてきた。

「稽古の暇を見つけてやつとやつてきました。仲々閑が見出せないので。先生だいぶいろいろ画がおできになりましたね。」

一草亭はさう言つて、

「一寸拝見させて頂きます。」

といひつつ色紙に描かれた画を手にとつてみた。

「仲々お上手ですね。随分細かにお描きになりますね。矢張り風韻がありますね。うぶなところがあつて面白いです。私なんかのは上すべりがして、斯う言ふ風に壮重て言ひますか、重厚て言ひますか、さう言ふところはできません。」

一草亭は人を相手の商売をしてゐるので、津田の様に端的に人の悪口を言つたり感心したりはしない。自分と考へ方の異つた説にぶつかつても一応歩調を合せて、おもむろに自説を出してゆく社交的な技巧は上手だつた。さう言ふ点ではお多佳さんも金之助君もお君さんも共通なところがあり、そこが京都人特有の性格らしかつた。津田はそれを不愉快に思つてゐた。

漱「西川さん、僕の画は懐疑派だから、あなたから言へばまるで子供くさいでせう。」

一「いやそんなことありません。子供のかいた画は仲々面白いもので、私なんかも真似てみたいと思ふこともありますが、大人がやると却つてむつかしいですね。」

漱「西川さんの画も一ぺん見せて下さい。」

一「今日は鄭板嶲の竹を持つてきました。鄭板嶲の竹は面白いですね。大人の画だか子供の画だか――とてもすばらしいものです。まあ一つかけてお目にかけませう。」

さう言つて一草亭は煤煙で黒びかりのした桐箱から、二尺位の幅の軸を床にかけた。漱石先生は反対の方へ座布団を置きかへてその上にキチンと座つて、

「ウン、こりやいい。」

さう言つて感嘆された。一草亭は先生の気に入つたので得意気に持主が愛蔵してゐる点やら、自分も好きでお花の会や何かの時よく借りてくるなぞと説明を加へた。

蔵沢の竹とは大分趣が違つてゐる、蔵沢はたど〳〵しく、これは又奔放自在とでも言ひたく天馬の空をゆく如く、そして墨痕淋漓たる墨の生気は実際たまらないものであつた。


ここにきてからの漱石は少しも気むつかしやではなく、いつも微笑で人を迎へてゐた。殊に女連に対しては頻りに駄洒落をとばした。それが多佳女との場合になると応酬がひんぱんで、どこ迄続くものやらはてしがなかつた。その度ごとに嬉しさうに笑つてゐられた。第三者——といつても津田にはまるで洒落の趣味なぞなく、尊敬すべき漱石の口から出なかつたら、寧ろ反感がおこつたかも知れない。

漱石は万事受動的で、何でも言ひなりに、「ウン〳〵」と第三者の言ふ通りに行動してゐられた。底の深い淵のやうにも見られた。津田は深さを探る意志はないが、或る時は過去の罪跡を懺悔したいやうな気持ちになることもあり、或る時は名鐘にたとへて、あまりにも打ち手の貧困さを嘆ずるやうなこともあつた。名鐘自体はどこまでも受動的であるが、いい音色のでるのも、いやな音色のでるのも、ただ鐘を打つ第三者にあるやうに思はれた。

津田は太陽が東から上つて西へ沈んでゆくごとに心がいら〳〵して、春のいい季節にいい作品をこさへておかなければ、その作品は一年を待たなければならない。風景画家はアトリヱを持たずに野外をアトリヱとして仕事のできることは嬉しいが、季節のうつりかはりは人を待つてくれないので、地球の回転と一緒に歩んでゐなければ仕事のできない不自由さを感じ、同時にいつも心の中はいら立たしい気持でゐた。三、四日も漱石をとりまく女連の空気の中にひたつてゐると、早く山の中に帰つてパレットを持ちたい気が頻りに襲つてくるのだつた。

一草亭が帰つて間もなくすると金之助君とお君さんがやつてきた。

金之助君が明るい顔で、

「津田さん、先生退屈やおへんか、何しておいやした、」

津「とても先生お退屈だよ、あんた達がこられないと。」

君「津田さん、そんなお顔で、上手なこと言ははりますな。」

津「だつてほんとなんだよ。矢張り女は魅力があつて得だなあ。」

金「お君さん、津田さんに初めてお目にかかつた時はこわいみたいどしたなあ。」

君「悪鬼羅刹みたいに見えたわ、おつむの毛がのびてゐるし、ものも言はんとヌーツとしといやすさかい。」

津「僕は先生の番犬なんだもの、しかし犬は馬鹿だから御馳走をやるとすぐなつくんだよ。」
金「ああお君さん忘れてたわ、津田さん甘いものお好きどつしやろ、さつきの出しまひよ。」
さう言つてお君さんが途中で買つてきた手土産のお菓子を出し、菓子折のふたをとつて、
「津田さん、どうどす、」
それは真黒ですべ〳〵した飴のかたまりだつた。
金「先生こんなものおあがりやすやろうか。」
さう言つて先生の前へ菓子箱をさし出した。先生はその一つを指先につまんで口へ入れ、
漱「綺麗な飴だ、津田君どうだ。君達はさうちよく〳〵やつてきて商売の方はいいのかね、」
金「ええ、お君さんはお泊りのお客さんさへなければ——用はおへんわ、わたしは夜がおもですさかい、昼間はよろしおすのや。お君さんさうやろ、あんたとこ今お泊りさんないのか、」
君「あつたかてかまへん、うちなんかへくるお客さんはどうせ浮気な人ばつかりやもん。」
金「まあ、お君さんひどいこと言ははる。」
漱「浮気者がなくちや君達の商売は成り立たぬだらう、」
金「そりや、さうどす。」
君「そやさかい厭なのどすがな、先生。」

漱「厭なものやつてることはないよ、よせばいいぢやないか。」
君「あつさり言ははりますわ、やめたらたべられまへんやおへんか。」
金「お君さんはそれでなやんでいやはりますのやわ、お君さんには旦那はんなんかむきまへんわ。」
漱「お君さんにも旦那があるの、」
君「なければやつてゆけへんわ。」
漱「金ちやんはどうだ、」
金「へ、、、。」
彼女は顔中で笑つて判然とした返事をしなかつたが、横合からお君さんが、
「姉さんのはええわ、好きな人やさかい。」
さう言はれると彼女は少しばかり気恥かしやうなそぶりをしたが、すぐ真顔になつて、
「でもさう言ふ人にはお金がありまへんよつて、それに先方さんには立派な奥さんがおありどすさかい、めつたにお泊りやすていふことはあらしまへんし、矢張りつまりまへんわ。」
漱「ぢや金ちやんだつて浮気をするんだらう。」
彼女は又顔中で笑つて、

金「そりや商売してりや素人はんとは違ひますさかい、いろんなことがありますわ。」
漱「それぢやうめ合せがつくぢやないか。」
金「さう先生みたいにあつさりお言ひやしたかて、そこにはそこがあつて商売人の悩みはしんこくどつせ。」
漱「金があつて親切で浮気をさしてくれて……贅沢を言つてるね。金ちやんは……」
金「ホ、、、、、少しよくが深いのどすやろうか、」
君「ええやないか、よくが深い方が希望があつて……そうやろ、わたしは違ふけれど……わたしは何もかも神様に――」
彼女はそこで言葉を切つてしまつた。余り色気がなくなるとでも思つたのか、
漱「お多佳さんはどうしてるの、」
君「お多佳さん姉さんはよろしおすやろ、お多佳さん今Oさんどすやろ、金之助さん――」
金「はあ、さうやろ、お多佳さんの河東節ひとつおききやすな先生――お多佳さんは河東節がお上手なのどすえ。」
漱「そりやどんなものなの、長唄とか清元とかいふたぐひのもの、」
金「清元や長唄よりもズーッと昔にできたものどすやろ、上品なものどすわ、あんな艶はありま

へんが古風なものどすわ。」
君「先生なんかきつとお好きやすやろ。」
やがてお梅さんの案内でお多佳さんが上つてきた。
金「噂をすればかげとやら……今お姉さんのこと噂してたんどすわ、お多佳さん姉さん——あんた先生に河東節おきかせしたら……今先生にさう言つてたのどすえ。」
多「ああさうか、三味線もつてこないかんえなあ、金之助さん……あんた地をひけるか、そやけら、あかんえ。」
金「まあ、あたしが……あたしできまへんわ、お君さんどうえ。」
君「あたしもひいたことあらへんわ。」
金「お多佳さん姉さん一人の方がええやおへんか、わたしがひいたかて無茶苦茶で合はしまへんわ。」
多「三味線とりにやりまほうか、」
金「ここのお内儀さんのかりやはつたら、」
多「あるかしらん。」
金「わたし聞いてきますさ。」

金ちゃんは三味線をかりに梯子段を行りて行つた。

多「ええお天気どすなあ、柳の芽がもう青うなつてきましたわ、どこぞへいきたいやうどすわ、先生嵯峨の落柿舎御存知どすか、ええとこどすなあ、北嵯峨はよろしなあ、広沢の池もええわ、あこわ秋がええのやけど、山桜がええわ、山桜の葉の色は何とも言へんわ、大覚寺にええ山桜があるえ、お君さん知つといるか、」

君「わたしはお客さんのお供で行くのはきまつてゐますわ、渡月橋渡つて大悲閣へ上つて、ほとぎすで御飯たべて帰らはるの、きまつてまつせ。大阪からお出でやすのやさかい、葉桜やたら落柿舎やたら言ふたらわからへんわ。」

多「さうか、うちのお客さんは又渡月橋のとこがきらいで、お上りさんがざわざわして、景色ていふたて花時の景色は決つてゐるよつて、雨でも降つたら又格別やけど——雨の日の北嵯峨もええわ、先生苔寺御存知どすか、」

漱「まだどこも知らない。」

多「行きまひよか、京都へお出でやしたら、先生のお好きなやうなとこ、いくらでもありますわ。」

漱「行きませう、お多佳さん案内してくれますか、」

多「津田さんも御存知どすやろ、私もお供させて頂きますわ。」
漱「いつゆきます。」
多「今日はお約束のお客さんがおこしやすので出られまへんが、明日どうどす、お君さん金之助さん、どうえ、あんた方もお行きるやろ。」
金「お供させてもらひますわ、明日どすか、」
漱石先生はお得意の洒落を連発して女連を笑はせ、多佳女は自慢の河東節を聞かせ、灯ともしころにぎやかに皆で夕餉を一緒にして帰つて行つた。
その次ぎの日多佳女の案内で京都の埋れたる名勝見物に出ることを先生は楽しみにした。時間になると金ちやんとお君さんはやつてきた。しかし多佳女はやつてこなかつた。漱石先生は人の言葉を簡単に信じる人だつた。電話もかけてこなかつた。
金ちやんとお君さんが少しイラ〳〵し出して、
金「いつぺん電話しまひよか、姉さんどうしやはつたんどつしやろ。お君さん、あて、電話してきますわ。」
金之助は真面目な先生に対して気まずくなるのを心配し乍ら、電話をしに梯子段を下りて行つて、驄て帰つてきて、金「姉さん今日出られんのどすて、お客さんで、どうしても手がはなせんのどすて、すんませんけれどお君さんと二人で行つてくれて、先生にようおことわりしておくれやすて。」

漱石先生は軽い失望と同時に彼女の言動の軽薄さを憤慨するやうに、

「なんだ、お多佳さん自分から言ひ出したんぢやないか、馬鹿にしてる。」

金ちやんとお君さんは自分の責任ででもあるやうに、

「お多佳さん妙どすな、あんなに言ふといやしたんどすさかい、お君さん、大阪のKさんでもお出やしたんやないのかしらん、夕べお泊りやしたのと違うか、」

君「さうやろか、Kさんなら姉さん、ようでやはらしまへんわ。」

漱石先生は二人の会話の裏を推察してゐただらう、そしてそれ以上何も追求がましいことは言はなかつた。

Kといふのは大阪の鉄成金で彼女の家にとつては大切なパトロンだつた。彼女が出てこなかつたのも無理なことではなかつた。そして又漱石の怒るのも当然だつた。直線の世界から曲線の世界を眺めれば凡て金槌でたたきのめして直線に改めたくなる。それと反対に曲線の世界から直線の世界を見れば万事直立不動の姿勢のやうで、何も彼もひんまげて曲線的な美しさを教へてやりたくもなるだらう。住む世界が異つてをれば致し方がない。自己の住む世界だけを正しいものと思ひ込む前に、あらゆる反対の世界にも住んでみなければならない。

津田は漱石先生が宿にもなじまれ、一人あそびは画を描き、退屈な頃には三人の女性や一草亭がかはるがはるにきてくれることが分つたので、一先づ桃山へ帰つて行つた。津田には積極的な生活が待ちかまへてゐたからである。

しばらくして漱石先生から奈良へ行くが一緒に行かないか、といふ誘ひ出しの手紙をもらつた。津田は早速京都へ出て木屋町の宿へ行つてみると、先生は浮かぬ顔をして、

「胃の工合が悪いから奈良行きは止めにする。」

と言はれた。津田は失望した。

「大友（多佳女の家）に行つて舞妓のおどりでも見よう、西川さんもきてもらふから、夕方大友へこられるやう君から言つてくれ。」

と言はれ、津田はそのことを連絡した。

漱「大石忌て言ふの君知つてゐるか、」

津「ええ知つてます。一力で大石良雄の命日にいろんな遺品を陳べて一般の人に見せるんです。遺品なんか出鱈目なものでせうが、建築が面白いですよ。昔からの家らしいですから大茶屋の

感があつて、他にはあしたお茶屋は祇園にはないでせう。……島原には角屋がまだあります が、祇園では一力だけです、大茶屋は……先生いらつしやいますか……行つてごらんになつたらどうです。」

漱「ウン、行つてみやうか、」

先生は胃の工合が悪いので煮えきらない返事をされるが、宿にヂツとしてをられてもなほる訳でもなければ、寧ろ一力に行つて異つた座敷を見物してゐられた方が、気がまぎれていいんではないか、津田には先生の病気に対してこれ以上の判断を下す何等の知識もなかつた。

津「俥でお出になつて、そこからすぐに大友へお出でになればいいんぢやありませんか。一力から大友まで四、五丁ですから、その時の工合でお歩きになつても、又俥でお出でになつてもいいんぢやありませんか、」

漱「ウン、さうしようようか、」

さう言つて午後から津田は先生を案内して祇園の一力で大石忌を見物して、夕方前新橋の大友へ行つた。新橋は祇園の中でも昔ながらのお茶屋が両側に軒を並べて、その間に小さな煙草屋だの小間物やが一、二軒あるきり、ただの人の住宅らしいものは一軒もなかつた。どこかで稽古三味線の音が調子を合はせるやうな音がポツン〳〵と耳に入るのと、只の町中では嗅ぐことのできない茶屋町特有の酒と脂粉のカクテールのやうな匂ひが嗅覚を刺激する。遊蕩児にとつてこの嗅はたまらない魅力ででもある。

大友は間口は僅かに一間半位だが鰻の寝所のやうに奥が深く、奥座敷は河の上に欄干がつき出てゐる。そこに肱をかけて川面を見てゐると、しだれ柳が水面すれ〳〵にたれ下つて、折々セキレイがチチ〳〵と飛びあるいて狭まくるしい中にも風情がある。

漱石の病気

漱石先生は大友の奥座敷の床の前に落ちついたのちも少しも機嫌はよくならなかつた。多佳女は洒落もとばさず心配げに、自分で台所と座敷のあひだを往復して、お茶をはこんだり、菓子をもつて出たり、さうしたあひだにも先生を退屈させまいと、画帖を持ち出したり、お客に書いてもらつた俳句の短冊をもち出したりして、先生の胃の痛みをまぎらせようと気をもんでゐた。津田は先生が渋い顔をしてゐられるので、できるだけ話すことを避けて、先生の気持を静かに休ませようと心掛けた。

漱石先生の胃痛は持病で、四十三年六月胃潰瘍の疑問で長与病院に入院され、八月に入つて修善寺の菊屋に転地され、そこでは何度か吐血され、一時はもう駄目になるんぢやないかと迄に皆からも思はれ、自分でも一時はあきらめられた症状が奇蹟的にもち直して、秋風とともにふたたび東京に帰られ、又元の長与病院で幾日かを静養された後、やつと半年ぶりに家に帰られた。

翌年には又八月に朝日新聞社の要請で関西へ講演旅行中に再発して湯川病院に入院され、九月十四日にやつと帰京された。大正二年三月末には『行人』の執筆中、又々持病再発そのため一時『行人』を擱筆して、自宅で臥床されたといふ長い病歴をもつてゐられた。

津田は大阪で先生が講演旅行中に病気をされて湯川病院に入院された時は、恰度写生旅行で京都に居つたので、病院を見舞つて、その枕頭で数分間を過したことがあるが、其の他の病気の時は津田が長い写生旅行に出てゐるときだつたので、先生の病気にぶつかつて枕頭に侍するやうなことは一ぺんもなかつた。津田の頭の中には漱石の病歴は判然としてゐなかつた。それに彼自身は生来の頑健で病気に対しては無頓着で過してきた。

多「どうどす先生、まだお痛みやすか、お医者はんにきてもらひまひよか、」

先生はにがり切つた顔で、

漱「うん、たいしたことはない、医者はいい。」

さう云つて相変らず渋い顔をしてゐられる。

さうしてゐるうちに二人の美しい舞妓がやつてきた。二人が多佳女の方へ、

「姉さんこんばんは、おおきに、」

と云つて重さうな頭でお辞儀をした。

多「そこへおすわり、綺麗やなあ。」

漱石先生は二人の舞妓の着飾つた姿を渋い顔をして眺めながら「ああ美しい」と思つたらしいが、胃の痛みが意志力をうちのめすので、美の意識の表現力が押さへつけられて、それが渋面として表情に表はれる他なかつた。

津「あたまのひら〳〵した七夕さんの短冊みたいなものが下つてゐるのは美しいね、」

多「舞妓さんのあたまは綺麗どすな、いつお結ひたのえ、」

「おととひどす。」

多「ふん綺麗やなあ。」

津「こつちの人は結ひ方がちがつてゐるね。こちらは前髪がたれ下つてゐるが、こつちはおデコが出てゐるよ。」

二人「あらいやだ。」

多「おデコのでてゐるのは見習さんどすがな。一本にならはると、この人みたいに前髪を下げて花簪をささはりますのや。」

津「ああ、さうか、勝手に好きなやうに結ふているんぢやないんだね、」

多「さうやおへんワ。」

津田は折を見はからつて次の間に出てゆき多佳女と話した。

津「お多佳さん、僕は余りおそくなると山の中の途は追ひはぎが出さうな所なんだから、私はそろ〳〵帰りますから、先生大丈夫でせうか、」

多「さうどす、私もようわかりまへんが、今夜はうちでお泊めして、ゆつくりおやすみやしたらおさまるかもしれまへんな。」

津「一草亭に電話しておいてください。来ることになつてますが、今日は駄目といふことと、私は桃山へ帰つたといふことと、先生が工合が悪いといふことと、おねがひします。」

多「お君さんや金之助さんにも電話しときます。」

津「一応先生にきいてみますが、あとよろしくおねがひしますよ。」

津田は座敷へ戻ると、漱石先生へ、

津「先生、私はこれから山へ帰りますが、先生大丈夫ですか、」

漱「うん大丈夫だ。」

津「お多佳さんにもたのんでおきましたが、今夜はここでゆつくりおやすみになつてください。そのうち金ちやんやお君さんがやつてきますから。」

さう云つて津田は桃山の山の中へ帰つて行つた。

津田は翌日先生の病気が気になつて、京都へ出かけてゆかうかとも思つたが、一方梅林の写生が未完成であるのも気になり、一日々々暖い風の吹くごとに白い花がちら〳〵散り落ちるのも、日ごとに梅林を青くして行くのも、我慢ができず、次の日は終日ブラシを持つて画布に向つた。

その次の日に多佳女から電報がきた。

『センセイ　ビヨウキナオラヌスグ　キテクダ　サイ』

といふのだつた。津田はパレットとブラシを草の上に抛げ出し、あとを細君にたのんで、あたふたと新橋の多佳女の家にかけつけた。

津田が座敷へ行くまでに多佳女は玄関に現はれ、心配さうな顔で、

「津田さん、どうしまひよう、先生おくるしさうどすわ。額に冷汗を一ぱいかいておいやすの。よつぽどお痛いとみえますわ。きのふは葛湯をおあがりやしたの。」

そこへ金之助君も座敷の方からやつてきて、

金「奥さんお呼びしたらどうどすて、云つたんどすけれど、先生大丈夫だから、そんな者呼ぶなて仰るのどすがな。お多佳さんと相談してますのやけれど、呼ぶなて仰るのにお呼びすることもできまへんし、津田さんに相談する他ないと思ひますが、どうどすやろ、」

津「僕も先生の病気のことは経験がないので、自分では判断の仕様がない。お医者さんでもつい

てゐてくれるのならいいが、医者も必要ない、家内も呼ぶなて云はれると困りますね。まあ先生にあとで怒られても仕方がないとして、奥さんを電報で呼びませうよ。まあ僕が責任をもちますよ。」

二人「さうしまひようか、」

金ちゃんが「お叱られやすのは津田さんや、お多佳さん、かまへんがな。」さう云つて始めて明るい顔で笑つてみせた。津田は電報のことを多佳女に頼んで座敷へ行つてみた。

真赤な疋田絞りの所々に刺繍の大模様のなまめいた布団にうづまつた先生のあかぐろい顔が見えた。目をつむつてゐられた。お多佳さんと金之助君とは代る代るやつてきて布団の裾の方に座つて見守つてゐた。

その夕方先生は木屋町の方へかへると云ひ出された。津田もそれに賛成した。そして俥で元の宿へかへられ、二階のもとの座敷に安置した。先生は痛みがだいぶうすらひできたらしく、久々に硝子戸越しに東山を眺めてゐられる顔に明るさがただよつてゐた。

津田はほつと安心した。しかし無断で奥さんを呼んだことが無駄になつて、矢張り儂が怒られるのかと、次のことを気にした。

やがて奥さんからあす上洛するといふ返電がきた。津田は先生に報告するほかなかつた。金之助君やお君さんもきてゐたので、怒られても二人の味方が多少の力になると思つて、その夜発表した。

津「先生……奥さんがあすお出でになりますが、」

と言葉すくなに云つた。すると傍から金之助君が、

「津田さん、奥さんおこしやすか、ああよかつた。先生うれしおすやろう。」

先生は馬鹿々々しいと思ひながら、相手が金ちやんなのでニヤ〳〵笑ひながら、「嬉しうございますなあ、」さう云つて多くを云はれなかつた。津田はひと安心した。先生は肚の中であんなものにやつてこられて、折角の愉快な旅が滅茶々々になつてしまふ、余計なおせつかいをしやがつたものだと云ふ風に思つてゐられた。

翌朝汽車のつく時間を見はらかつて、津田とお梅さんが七条駅へ迎へに行き、自動車の中で津田から先生の病気の経過の報告をざつときいて宿へつかれた。

「あなたまたお悪いんですか、」

「うん。」

漱石は浮かない顔をして奥さんの服装《みなり》をまじ〳〵ながめてゐられた。奥さんの着物の着方は多少だらけてゐた。窮屈な寝台車の中で女が着物を着直すことは、座敷でするやうに自由にはできなかつた。

漱「おい、貴様の羽織のざま、なんだ。紙屑みたいにクシャ〳〵ぢやないか。」

奥さんはうしろへ手をやつて帯のあたりをさすつて、

「このままねころんだので……」

漱「皺だらけでみつともないぞ。」

さう云つて不機嫌に奥さんをたしなめられた。

奥「津田さん、わたし京都ははじめてだから案内して頂戴よ。恰度いいときだから、」

津「ええ御案内いたしませう。僕は今やりだした画を仕上げてしまつて、ぢきやつてきますから。どう云ふところがいいんです、」

奥「どこでもいいワよ。」
津「本願寺はどうです、」
奥「馬鹿にしてるワね、いやよそんなところ。」
津「では三十三間堂……棟木の由来……」
奥「馬鹿にしてるワねえ……」
津「三十三間堂は面白いですよ。おのぼりさんも行きますが、国宝の千手観音さんが沢山あつて、いいですよ。奥さんは信心の方がいいんぢやないんですか、」
奥「信心もいいけれど、景色もいいところでなくちや、」
津「ぢや電車で祇園まで行つて、八坂神社をぬけて円山公園に出て、知恩院から平安神宮へ行つて、あすこのお庭見物してきませう。それとも円山公園から南へ行つて、真葛ヶ原から高台寺に出て——ああ高台寺に普茶料理ていふのがありますが。それを食つて、そこから八坂の塔を見て清水へ行くか、それとも三十三間堂の方へ行きますか、清水の方は山の方へ登るんですが、三十三間堂の方は下へ行くんです。その辺は博物館があつたり、智積院て有名なお寺もあります。」
奥「どこでもいいわよ。あなたにまかせるから早く画を仕上げていらつしやいよ。」

津田は奥さんが来られたとたんに、先生のからだの責任は自然と奥さんの方へ引きつがれた気がしたので、急に気楽になつた。先生自身も宿へ帰られてから痛みもうすらいだものか、元気に話してゐられるので、津田は奥さんのために見物のプランをあれやこれやと話した。

奥さんと先生の間では東京へ帰る日どりの相談をしたりしてゐられた。津田は先生と奥さんとにどんなわだかまりがあるのか……ないのかそんなことは無関心であつた。只崇敬する先生であり、その奥さんであるが故、敬意を表して奥さんの意に従つて名所見物を約束した。そしてそれが又義務でもあるやうな気がしてゐた。

津田は一応山の中に帰つて細君に事情を話し、仕上げるべき画のけりを不満足ながらつけておいて、その翌日漱石の宿へやつてきた。

津「先生いかがですか、」

奥「もういいのよ。」

奥さんは先生の神経質とは反対に、神経の太い無頓着な点では津田に共通なところもあつた。

津「さくらの花が咲いてゐるところがありますよ、」

奥「行きませうよ、津田さん。」

津「ええ、先生どうなさいます。」

奥「先生は大丈夫よ、お君さんも金之助さんもきてくれるつて云つてましたよ。」
津「さうですか、それぢや奥さん支度をしてください。どちらの方向へ行きます。」
奥「あなたにまかせるワ、京都はどこでものんびりしていいワねえ。」

津田は病気の先生を一人宿にのこして、二人で出かけてゆくことが気がとがめぬでもなかつたが、奥さんの命に従ふだけのことであつて、一方では遊山気もあり、一方では為さねばならぬ画を早く切りあげて、至上命令的な義務に服従してゐるのだといふ気もあつた。

津田と奥さんのあひだには先生の知られない暗約があつた。先生を京都へ誘ひ出してくれと云ふのは、奥さんから津田への依頼だつた。「うちの先生はこのごろ神経衰弱でよわるから小説もひとまづすんだし、あなたが京都へ行かれたら、先生も一緒に行くやうに誘つてください。そしてしばらく陽気にしてやつてください。」そんなことで津田は先生を誘ひ出すことになつたのだつた。

津田と奥さんは川端柳が春風にゆら〳〵なびくのどかな京の町へ出た。

津「女連はきてくれるでせうな、」
奥「くるつて云つてましたよ。」
津「金ちやんがきてくれれば、ご機嫌はいいんだ。奥さんを呼んぢやいかんて云はれたんですが、僕は病気のことはちつとも経験がないから、どうしていいのか分らないのに、お多佳さんやお君さんが馬鹿に心配するもので……先生に内証で奥さんを呼んだものですから、僕は怒られやしないかと思つて心配しましたよ。」

奥「なあに来てしまへばグヅグヅ云はないワよ。」

二人は予定のやうに八坂神社から円山公園に出て、知恩院で、あれが左甚五郎が忘れて行つた傘だの、釣鐘堂へ行つて鐘をついてみたり、そこから山の屋根づたいに粟田口から三条蹴上げの方へ下り、南禅寺の入口の橋の上で琵琶湖の方からくる舟が山を登つて行くのを眺めたり、疏水の流れに沿つて平安神宮前の橋を渡つて大きな朱色の鳥居をくぐつた。あちらこちらに萩の大きな株が新しい葉ぱの芽をふき出して美しい。その蔭に赤毛氈を床几敷した掛茶屋がちらほら見られた。

奥「津田さん休まない、わたしつかれた。」

津「ええ休みませう。奥さんは太つてゐられるから、歩くのは駄目でせう。」

奥「若いときはこんなに太つてゐなかつたのよ。山登りだつて平気だつたのよ。」

津「案内役も仲々疲れますよ。奥さんのやうなお上りさんは尚のことですよ。三十三間堂だの知恩院だのつて、僕らにとつてはちつとも面白くないんですから、」

奥「なに云つてるの、勝手にきめたんぢやないの、」

津「だつて僕等の面白いやうなところは名前もなにもないやうなところだから、人に押しつけることはできませんよ。」

奥「さう云ふとこも私すきよ。なにもきまり切つた名勝でなくつたつていいことよ。」

津「え……」

奥「わたし京都の焼物少し買つてゆきたいわ、お茶碗やなにか、」

津「そりや五条坂がいいですよ。清水へ行つたとき買ひませう。京都の陶器はいいですね。」

奥「京都のお芝居はどうなの。」

津「四条通りにありますよ。時々東京の役者がきてやつてますが、今なにかやつてゐるやうですよ。菊五郎だつたか三津五郎だつたか、町にビラが出てました。」

奥「芝居に行きませうよ。外ばかり歩いてるとつかれるワ。」

津「いつおいでになります。」

奥「今夜はどう、津田さんはぢき山へ帰るんでせう。だから早い方がいいわ。」

津「結構ですよ。」

奥「ぢや少し早い目に帰つて宿で御飯をたべて行きませう。」

津「これからあそこの平安神宮に詣つて、あそこのお庭を見物して、帰れば恰度いいでせう。あのお庭も仲々いい庭ですよ。」

二人はそれから平安神宮に参拝して美しい庭を見物して、夕餉に宿に帰つてきた。先生は二人の留守中、金之助君とお君さんとを相手に短冊に句をかいたり画をかいたりして機嫌よくあそんでゐられた。

奥「ああつかれた。」

金「どこへいつといでやした、」

漱「どこをうろついてきた、」

奥「知恩院で左甚五郎の傘を見たり、インクラインの舟を見たり、もう円山のしだれ桜もだいぶふくらんでゐますよ。」

金「まあええこと、お上りさんみたいどすなあ。」

津「お上りさんの案内つてつかれるものだねえ。」

奥「お上りさん扱ひにして馬鹿にしてるワねえ。」

津「先生——一草亭が南禅寺に個人の別荘で是非先生にお目にかけたい庭があるんですつて。先生がよくおなりになつたら案内したいと云つてました。」

漱「うん行つてみようか、」

奥「津田さん、早くご飯にしてもらつて頂戴。」

津田は手を叩いて、お梅さんを呼んで二人の食事を早く出すやうにたのんだ。

すると先生は奥さんの方へ、

「飯を早くしてどこへ行くんだ、」

その言葉は少し荒々しかつた。

奥「津田さんとお芝居を約束したので、」

漱「なに……芝居に行く、お前は京都へなにしにきたんだ……病人をおつぽり出して昼間ぶらぶら出あるいて。まだ芝居に行くのか、」

先生の顔は急に曇つて、その言葉はするどかつた。奥さんは黙つてしまつた。津田も答へるすべを知らず黙つてゐた。座敷の中の空気はすさみきつてしまつて、金ちやんもお君さんも瞬間顔のゐづまひを直した。

そのうちに二人の食膳が運ばれてきた。お梅さんはお給仕をしようと、盆をかたはらに置いて膳の前に座つてゐた。

先生はかさねて

「行くなら早く飯を食へよ。」

津田は食つていいのやら悪いのやら、前進もできず後退もできず、奥さんの行動に追随する他道はなかつた。奥さんの方はふだんと変らぬ態度で、

「津田さんよしませうよ、」

津田は「ええ」と云つたままつづける言葉がなかつた。

漱「よす必要はないよ。行くときめてあるなら行けよ。」

空気は益々シンとしてきた。

奥さんは先生へ、

奥「あなたもいらつしたら……」

漱「余計な世話だ。儂のことは儂がきめる。」

奥「津田さん、ご飯たべてしまひませう。」

春の光をたよりに

先生の滞在も一ヶ月近くなつた。先生が愈々東京へ帰るといふことを発表されると、誰も彼もが色紙や短冊や画帖を持ち込んで、滞在中に書いてもらはうとした。

先生は毎日筆をもつてそれらのものを丹念に一つ一つかかれて、それは人々の友情にむくいる義務心のやうにも見えたが、又自分を満足させる楽しい時間のやうでもあつた。

又一草亭との約束で彼の宅へ出かけて茶席の気分を味はうことや、金持の別荘の庭を見ることや、津田との約束の彼の山中居に一泊して宇治や黄檗山を見物して歩くことや、義務ともたのしみともつかない用事が幾つか残されてゐた。其の内に多佳女が飛び入りで彼女のお得意のKといふ金持が、山崎の山の上に別荘を建てかけてゐるので、一度遊びにきて、別荘の名前をつけてもらひたいと云ふやうなことも申込んできた。あれやこれやと先生の肚の中はあわただしくなつた。

それらのことを消極的ながら片付けて、四月十七日奥さんと共に東京へ帰られた。

津田は先生を送り出し、ほつとした気持で山の中へ帰つてみると、折角完成したつもりの制作もなんだか不満で、次の構想を考へはじめた。津田はここでもう一枚満足な制作を仕揚げて東京へ帰らうと予定を立ててゐた。

津田は東京へ出てから、その日その日をきりぬけるために渾身の努力をつづけてきたが、そのせゐかいつか社会の中へ押し出された。しかしそれは津田にとつて満足すべき押し出され方でなかつた。津田が留学中の同僚は前後して日本へ帰つた。そして欧州の新鮮な作風を社会に発表した。日本官僚展覧会は窓をあけて新鮮な空気を入れようとはしなかつた。それらの人々は期せずして手をつないだ。そして新しい運動を起した。それが二科会となつた。津田も二科会の創立に参加した。そして選ばれて同人となつた。津田の身辺は日に〳〵多忙になつていつた。

津田は桃山をきりあげて一度東京に帰つたが、またキャンバスと絵の具箱を提げて旅に出た。彼は家庭で制作することが不可能なことをよく知つてゐた。芸術家や文学者が絶えず社会や家庭と闘ひつつ仕事を発展させてゆかなければならない困難は、ソクラテスの場合といひ、漱石の場合といひ、古今東西を通じて永劫にかはることはないであらう。

漱石先生から旅さきへ手紙が届いた。

まだ修善寺にご逗留ですか、私はあなたがゐなくなつて淋しい気がします。面白い画を沢山かいてきて見せて下さい。

金があつてからだが自由ならば、私も絵の具箱をかついで修善寺へ出掛けたいと思ひます。私は四月×日から又小説を書く筈です。馬鹿に生れたせゐか、世の中の人間がみんないやに見えます。それからくだらない不愉快なことがあると、それが五日も六日も不愉快で押して行きます。まるで梅雨の天気が晴れないのと同じ事です。自分でも厭な性分だと思ひます。

あなたの兄さんが百合を送つてくれました。それから画帖を寄こされました。呉れたのか何か書けといふ意味かと思つて、聞き合はせたら呉れたんぢやないんです。さうかと云つてみんな書けといふのでもないんです。私は其の儘預かつて置きます。

世の中にすきな人は段々なくなります。さうして天と地と草と木とが美しく見えてきます。ことに此頃の春の光は甚だ好いのです。私はそれをたよりに生きてゐます。

津田はこの手紙を読んで、まぶたのうらに涙がにじみ出るやうな気がした。

翌年の十二月九日漱石先生は早稲田南町の寓居で、永遠の旅に出立された。津田はその枕頭で大勢の人目もかまはずに声をあげて慟哭した。
漱石は永遠に生きてゐるが、先生には永遠に会はれぬのだ。

（昭和廿三年八月廿一日擱筆）

跋　文（昭和二十四年版　世界文庫刊）

あーあ、やつと書きあげた。

文筆がせぎもあき〳〵だ。思へば永かりしかなだ。九十日余り頑張つてしまつた。いや九十日とは云はない、二年余りも前、僕がまだ片田舎にごんでゐる時だつた。『漱石と十弟子』を書けと云ふので、その時のハヅミで引きうけてしまつた。

それからと云ふもの頭の空白があると、潮水が凹みに流れ込むやうにやつてくるのだ。どんな風に全体をまとめるか——随分考へさせられた。だつて誰も彼も漱石々々と、文学の大明神みたいにシャブルんだから、意地でも書きたくなかつたんだ。ところがさて書かうとなつて考へると、誰も彼もが問題にしてゐるだけに面倒臭い。その上漱石門下ときたらみな一言居士で、どうのかうのと口がうるさいんだから、ニクマレぐちも書きたくないしそれかと云つて小むつかしい屁理屈を書いたつて人は読んでくれないし、読んでくれなければ世間に問ふ意味はないんだ。散々考へこんだ揚句が自分々々をコッピドク書いて、その人間から漱石を描くほかないと悟つた。ところで、そのころのこつちはまだ青二才で、漱石から云へば子供臭いことしか考へてゐないのだから、別段こつちの動きにひきづられて漱石が動くやうなこともないのだ。しかし都合のいいことには十弟子なんだから、束になつてぶつかることにすればいろんな反響がでてくる。それを織り込んだ漱石山房のフンイキを出すことにしたんだ。

僕自身のことが余り出過ぎてマヅイんだが。何しろあのころを回想してみると、青年になつたやうな気がして、まだ〱書き足りないんだ。まあ読者には我慢して読んでもらふ他ない。

前掲の一章「漱石と十弟子」は朝日グラフに一度のつけたことがあるが、全部書き直したのだ。

懶　青　楓　記

祖父の思い出―あとがきに代えて―

髙橋りえ子

私の祖父津田青楓は食通でした。明治生まれにもかかわらず、朝はミルクティーとトーストという洋風の朝食で、そのトーストにはたっぷりとレバーペーストとオレンジマーマレードを塗り、風変りな取り合わせだなとよく思ったものです。

孫娘の私が小学校高学年になると、代官山の小川軒や芝のクレッセントといった有名レストランに連れて行ってくれました。小川軒のビーフシチューやクレッセントのサラダ等は、家では味わえないものでありました。祖父との会食は楽しい思い出のひとつです。

また私が初めて電車通学することになった時、祖父がこっそり私の後をついてきたことがありました。私の事をとても心配していてくれたようです。こころ優しい祖父でした。

祖父は数え年九十九歳で亡くなるまで、毎日絵筆をとっていました。週に二回絵のお稽古を開き、ご婦人方がいつも五、六人はいらしていて、その日はいつもニコニコして楽しそうでした。

祖母が入院で不在となり、私が祖父の家に泊まることがありました。祖父の部屋に、そっと行ってみるとオルゴールの音色が聞こえてきました。祖母のいないのが淋しかったのでしょう、私は祖父の意外な一面を見たような気がしました。

この度、本書『漱石と十弟子』が四十年ぶりに、装いを新たに復刊されることになりました。久しぶりに母の所にあった自家本（元本）を取り出してみる機会を得ました。口絵「漱石山房図」は祖父が手彩を施したもので、今回初めてご披露します。併せて楽しんで頂ければ幸いです。

平成二十七年一月十五日

「十弟子」ほか略歴

赤木桁平（あかぎ こうへい）　明治二四年（一八九一）〜昭和二四年（一九四九）
評論家、政治家。岡山県生まれ。東京帝大法科卒。漱石門下となる。本名池崎忠孝。『萬朝報』論説部員を経て衆議院議員を三期務める。最初の「夏目漱石伝」を執筆した。大正期の『遊蕩文学撲滅論』は有名。日米戦争必然論など国粋的著作活動を行う。戦後A級戦犯となり巣鴨プリズンに収監。病気出獄後、不遇のうちに死んだ。

阿部次郎（あべ じろう）　明治一六年（一八八三）〜昭和三四年（一九五九）
哲学者、作家。山形県生まれ。東京帝大卒。夏名漱石に師事。森田草平、小宮豊隆、和辻哲郎と親交。また同郷の友人に斎藤茂吉、土門拳がいる。大正三年出版の『三太郎の日記』は大正・昭和期の教養主義を主導する書としてロングセラー、青春のバイブルとして学生必読の書であった。岩波書店創刊『思潮』（『思想』の前身）の主幹となる。真善美を豊かに自由に探究する「人格主義」を主張。東北帝大美学講座教授、学士院会員など務める。

安倍能成（あべ よししげ）　明治一六年（一八八三）〜昭和四一年（一九六六）
哲学者、教育者、政治家。愛媛県松山市生まれ。東京帝大在学中漱石に師事。小宮豊隆、森田草平、阿部次郎と並び「漱石門下の四天王」とも言われた。岩波茂雄と生涯の親交を結び、岩波書店の経営にも関与。『岩波茂雄伝』を執筆。貴族院議員、文部大臣、学習院院長など歴任。戦前・戦後を通じ一貫して「自由主義者」としてふるまった。

岩波茂雄（いわなみ しげお）　明治一四年（一八八一）〜昭和二一年（一九四六）
岩波書店創業者。長野県諏訪郡生まれ。第一高等学校在学中、友人藤村操の自殺に衝撃を受ける。東京帝大哲学科を経て、女学校の教師となるも退職し、神田に古本屋岩波書店を開業。漱石の知遇を得て大正三年『こころ』を処女出版し出版業に転じる。漱石歿後は安倍能成等と『漱石全集』を刊行した。昭和二一年文化勲章受章。

小宮豊隆（こみや とよたか）　明治一七年（一八八四）〜昭和四一年（一九六六）
ドイツ文学者、文芸評論家、演劇評論家。福岡県生まれ。東京帝大独文科の学生時より漱石門に出入り。寺田寅彦、芥川龍之介、内田百閒、松岡譲らと交流。能や歌舞伎、俳句など伝統芸術にも造詣が深く、斉藤茂吉との芭蕉句をめぐる「セミ論争」は有名。浩瀚な漱石伝『夏目漱石』（一九五四年刊）で芸術院賞を受賞。日本文化の諸相に通じた論客だった。

鈴木三重吉（すずき みえきち）　明治一五年（一八八二）〜昭和一一年（一九三六）
小説家、児童文学者。広島市生まれ。東京帝大英文科にて漱石の講義を受ける。漱石の推薦で小説『千鳥』が雑誌「ホトトギス」に掲載。のち漱石の「木曜会」一員となる。小説家として活躍する一方、娘の誕生を機に童話も創作。大正七年児童文学誌『赤い鳥』を創刊。芥川龍之介など文壇の著名作家に執筆を依頼するなど、児童の読み物を芸術の域まで高めた。『赤い鳥』は一八年間(一九六冊)刊行され、坪田譲二など多くの逸材を生み出した。

寺田寅彦(てらだ とらひこ) 明治一一年(一八七八)〜昭和一〇年(一九三五)
物理学者、随筆家、俳人。東京生まれ(高知県出身)。吉村冬彦、寅日子などの筆名も使った。熊本第五高等学校の英語教師時代の漱石と出会い大きな影響を受ける。東京帝大実験物理学科首席卒業。自然科学者としての業績もさることながら、文学などにも造詣が深く、科学と文学を調和させた随筆も数多く残している。漱石著『吾輩は猫である』の淡島寒月や『三四郎』の野々宮宗八のモデルとされる。門下に中谷宇吉郎(物理学者・随筆家)などがいる。

野上臼川(のがみ きゅうせん) 明治一六年(一八八三)〜昭和二五年(一九五〇)
英文学者、能楽研究家。本名豊一郎。大分県臼杵市生まれ。東京帝大英文科卒。漱石に師事。同級生に安倍能成、藤村操、岩波茂雄がいる。バーナード・ショーなど英国演劇の研究紹介、また能楽研究とその海外への紹介に尽くす。法政大学で教鞭を執り総長に就任。森田草平、内田百閒などを教授陣に加え校風刷新を図る。総長在任中に死去。小説家野上弥生子は妻。能楽関連の著書も多い。

松根東洋城(まつね とうようじょう) 明治一一年(一八七八)〜昭和三九年(一九六四)
俳人。宮内省式部官、書記官などを歴任。本名豊次郎。東京生まれ(出身は愛媛県宇和島)。愛媛県尋常中学教員時代の漱石に英語を学ぶ。正岡子規の知遇も得て『ホトトギス』に参加。『東京朝日新聞』俳壇選者を務める。柳原白蓮とも恋愛関係にあったが叶わず、生涯独身を通した。芭蕉の俳諧精神を尊び、人間修業としての俳諧道を説き、門下から飯田蛇笏、久保田万太郎など優れた俳人を出した。

森田草平(もりた そうへい) 明治一四年(一八八一)〜昭和二四年(一九四九)
小説家、翻訳家。本名米松。岐阜県生まれ。東京帝大英文科卒。漱石の『草枕』に感銘を受け門下となる。私生活での不祥事が多く、漱石門下では異色の存在。平塚らいてうとの塩原心中未遂事件は有名。これを題材に小説『煤煙』を書き文壇デビュー。『細川ガラシャ夫人』など歴史小説も手掛けたほか、ドストエフスキー、イプセンなど翻訳も多数ある。

内田百閒(うちだ ひゃっけん) 明治二二年(一八八九)〜昭和四六年(一九七一)
小説家。随筆家。本名栄造。別号百鬼園。岡山県生まれ。東京帝大独文科卒。在学中より漱石山房に出入り門人となる。その著作の校正に従事。芥川龍之介とも親交。不思議な恐怖感を伴う小説や独特なユーモアあふれる随筆などを得意とした。

琴、酒、煙草、小鳥、猫、鉄道などこよなく愛した。琴では宮城道雄に師事。鉄道への熱愛は、名作『阿房列車シリーズ』を生み出した。執筆においては、正字・正仮名遣いを固守し続けた。

荻原守衛（おぎわら もりえ）　明治一二年（一八七九）～明治四三年（一九一〇）

彫刻家。号は碌山。長野県安曇郡生まれ。明治三四年洋画家を志しアメリカに渡り画家修業。後パリに渡りロダンの作品に出合い衝撃を受け、彫刻家に転ずる。パリで津田青楓、斎藤与里、安井曾太郎らと親交。明治四一年帰国。東京新宿にアトリエを構え彫刻家として活動。人妻との恋愛に苦しみ、その出口なしの葛藤が作品に結実した。代表作に「坑夫」「文覚」「女」がある。わずか三〇歳で急逝したが明治彫刻界に大きな足跡を残した。

安井曾太郎（やすい そうたろう）　明治二一年（一八八八）～昭和三〇年（一九五五）

洋画家。京都の商家に生まれる。周囲の反対に抗して絵の道へ進む。浅井忠らに師事。明治四〇年、同郷の先輩画家津田青楓とともに渡仏。滞在は七年に及んだ。帰国後二科会に所属。長い模索時代を経て昭和五年の『婦人像』あたりから独自の画風を確立、梅原龍三郎とともに昭和期を代表する洋画家として評価を得る。二科会を離れ、石井柏亭、有島生馬らと一水会を結成。戦後の『文藝春秋』の表紙絵を担当。昭和二七年文化勲章受章。

著者略歴

津田青楓（つだ せいふう）　明治一三年（一八八〇）～昭和五三年（一九七八）

画家、書家、随筆家、歌人。京都市生まれ。本名亀治郎。津田は母方の姓。父は華道去風流家元西川一葉。兄の西川一草亭も同家元。谷口香嶠に日本画を学ぶ。後浅井忠の関西美術院に入る。明治四〇年、安井曾太郎とともにパリに留学。アール ヌーボーの影響をうける。滞在三年で帰朝。その後小宮豊隆とともに漱石山房を訪ね「木曜会」の一員となる。漱石に油絵の手解きをし、絵を通じての親交を深める。『道草』『明暗』などの装幀も手掛けた。大正三年、二科会の創立に参画。のち津田洋画塾を開いて京都画壇に地歩を築く。河上肇の影響を受け左翼運動に加わり、「ブルジョワ議会と民衆の生活」などを制作。昭和八年警察に検挙されたのち転向して、二科会からも脱けた。以後洋画から日本画に転じ、良寛研究などにも専心した。晩年は、南画風の味わいの独特な情趣を示し、自由闊達な作品を展開した。詩、書、短歌、随筆、装幀など幅広い活動をした。

＊本書は、昭和四九年、弊社より刊行されたものの「新装版」である。
元本は、昭和二四年一月銀座にあった版元世界文庫から刊行されている。旧漢字・旧仮名遣いの本文に、口絵は「漱石山房図」一丁だけであった。
弊社の昭和四九年版は、新規に組み直し、モノクロ図版を八頁追加している。今回の「新装版」は、判型をA五判に拡大し、カラー図版を新たに八頁加え、些かの魯魚の誤を訂正し改訂版とした。図版頁ivよりviは、津田青楓著『装幀圖案集』（昭和四九年刊）より転載した。またジャケット装幀は、津田青楓著木版図案画集『うづら衣』（明治三六年刊）よりとっている。

漱石と十弟子

発行日　二〇一五年一月二十七日
著　者　津田青楓
発行者　山田博隆
発行所　美術書出版株式会社　芸艸堂
〒一一三―〇〇三四　東京都文京区湯島一―三―六
ＴＥＬ：〇三―三八一八―三八一一
〒六〇四―〇九三一　京都市中京区寺町二条南入
ＴＥＬ：〇七五―二三一―三六一三
http://www.unsodo.net/
e-mail : unsodo@nifty.com
印　刷　猪瀬印刷株式会社
製　本　ハギノ製本
不良本は小社へお送り下さい。送料小社負担にてお取り替えします。

 ISBN978-4-7538-0277-7 c0095